Dante

Das neue Leben

La vita nuova

~

Übersetzt von Richard Zoozmann

„In Vita Nova, seinem Jugendwerk, schildert uns Dante in der Tradition mittelalterlicher Minnedichtung seine Leidenschaft für Beatrice und die erneuernde Kraft der Liebe.“ *Redaktion Gröls-Verlag* (Edition I Werke der Weltliteratur)

Redaktionelle Hinweise und Impressum

Das vorliegende Werk wurde zugunsten der Authentizität sehr zurückhaltend bearbeitet. So wurden etwa ursprüngliche Rechtschreibfehler regelmäßig *nicht* behoben, denn kleine Unvollkommenheiten machen das Buch – wie im Übrigen den Menschen – erst authentisch. Mitunter wurden jedoch zum Beispiel Absätze behutsam neu getrennt, um den Lesefluss zu erleichtern.

Wir sind bemüht, ein ansprechendes Produkt zu gestalten, welches angemessenen Ansprüchen an das Preis/Leistungsverhältnis und vernünftigen Qualitätserwartungen gerecht wird. Um die Texte zu rekonstruieren, werden antiquarische Bücher von leistungsfähigen Lesegeräten gescannt und dann durch eine Software lesbar gemacht. Der so entstandene Text wird von Menschen gegen eine Aufwandsentschädigung gegengelesen und korrigiert – Hierbei können gelegentlich Fehler auftreten. Wenn Sie ebenfalls antiquarische Texte einreichen möchten, wenden Sie sich für weitere Informationen gerne an

www.groels.de

Informieren Sie sich dort auch gerne über die anderen Werke aus unserer

Edition | Bedeutende Werke der Weltliteratur

Sie werden es mit 98,012 %iger Wahrscheinlichkeit nicht bereuen.

Die Deutsche Nationalbibliothek verzeichnet dieses Werk in der Deutschen Nationalbibliografie.

Verleger: Marcel Hermann-Josef Gröls, Poelchaukamp 20, 22301 Hamburg.
Externer Dienstleister für Distribution und Herstellung: BoD, In de Tarpen 42, 22848 Norderstedt

I.

In jenem Teile des Buches meiner Erinnerung, vor welchem nur wenig zu lesen ist, findet sich eine Überschrift, die da lautet: *Hier beginnt das neue Leben*. Und unter dieser Überschrift finde ich Worte, welche ich in diesem Büchlein nachzuzeichnen gedenke, und wenn nicht alle Worte, so doch wenigstens ihren Sinn und Inhalt.

II.

Schon zum neunten Mal war seit meiner Geburt der Himmel des Lichtes beinahe zu demselben Punkte wiedergekehrt, und zwar in seinem eigenen Kreislauf, als mir zum ersten Mal die verklärte Herrin meines Geistes erschien, die von vielen, die nicht wußten, wie sie sie nennen sollten, Beatrice genannt wurde. Sie war damals schon so lange in diesem Leben gewesen, daß während ihrer Zeit der Sternenhimmel sich um den zwölften Teil eines Grades gen Osten bewegt hatte, so daß sie ungefähr im Beginn ihres neunten Lebensjahres mir erschien und ich sie ungefähr zu Ende meines neunten Jahres sah. Sie erschien mir, in ein Gewand von der edelsten Farbe gekleidet, blutrot, bescheiden und ehrbar, gegürtet und geschmückt nach der Weise, die ihrem allerjugendlichsten Alter geziemte. In diesem Augenblick, das kann ich wahrhaftig sagen, begann der Geist des Lebens, der in der geheimsten Kammer des Herzens wohnet, so heftig zu zittern, daß er mir in den leisesten Pulsen furchtbar erschien; und zitternd sagte er die folgenden Worte: *Siehe, ein Gott, der stärker als ich ist und der daherkommt und mich beherrschen wird*. In diesem Augenblick begann der animalische Geist, der in jener hohen Kammer wohnet, zu welcher alle Geister der Empfindung ihre Wahrnehmungen hinauftragen, sich sehr zu wundern, und indem er insbesondere zu den Geistern des Gesichtes sprach, sagte er diese Worte: *Nun ist eure Seligkeit erschienen.* In diesem Augenblick begann der natürliche Geist, der in jenem Teile wohnet, in welchem sich unsere Ernährung vollzieht, zu weinen, und weinend sprach er die Worte: *Wehe mir Armen! denn nun werd ich häufig behindert sein.*

Von da an, sage ich, beherrschte die Liebe meine Seele, die ihr so rasch angetraut war, und sie begann eine solche Sicherheit und solche Herrschaft über mich zu gewinnen, durch die Kraft, welche meine Phantasie ihr gab, daß ich vollkommen nach ihrem Gefallen zu tun genötigt ward. Sie befahl mir zu vielen Malen, daß ich trachten sollte, jenes jugendliche Englein zu schauen, und daher ging ich in meiner Knabenzeit gar oftmals aus, um sie zu suchen; und ich sah sie auch und sah an ihr ein so edles und preiswürdiges Betragen, daß von ihr sicherlich jenes Wort des Poeten Homeros gesagt werden konnte: "Sie scheinet nicht die Tochter eines sterblichen Menschen, sondern die eines Gottes zu sein." Und mag auch ihr Bild, das mich niemals verließ, nur ein Übermut der Liebe gewesen sein, um mich dadurch zu beherrschen, so war es doch von so edler Natur, daß es niemals zuließ, daß die Liebe mich leitete ohne den treuen Rat der Vernunft in allen jenen Dingen, in denen solchen Rat zu vernehmen nützlich sein mochte. Und da das Verweilen bei diesen Leidenschaften und Handlungen einer so frühen Jugend manchen als Fabelei erscheinen muß, so will ich davon ablassen, und indem ich viele Dinge übergehe, die ich aus derselben Quelle schöpfen könnte, aus welcher diese stammen, komme ich zu jenen Worten, die in meinem Gedächtnisse unter höheren Paragraphen verzeichnet stehen.

III.

Als so viele Tage vorübergegangen waren, daß gerade neun Jahre seit der oben beschriebenen Erscheinung jener Lieblichsten verflossen waren, da geschah es am letzten jener Tage, daß jenes wunderbare Mägdlein mir erschien, in das allerweißeste Kleid gehüllt und inmitten zweier edler Frauen von älteren Jahren. Und da sie durch eine Straße ging, wendete sie ihre Augen nach der Stelle, wo ich furchtsam und schüchtern stand, und in ihrer unaussprechlichen Holdseligkeit, die nun bereits in dem Reiche der Ewigkeit ihren Lohn gefunden hat, grüßte sie mich sehr tugendlich, daß ich das Endziel aller Seligkeit zu schauen meinte. Die Stunde, in welcher ihr süßer Gruß mich erreichte, war bestimmt die neunte jenes Tages, und da dieses das erste Mal war, daß ihre Worte sich bewegt hatten, um an mein Ohr zu dringen, fühlte ich solche Wonne, daß ich wie trunken aus der Menge eilte. Und in die Einsamkeit eines Zimmers entflohen, begann ich an jene Liebenswürdige zu denken, und wie ich so an sie dachte, überkam mich ein sanfter Schlummer. In diesem erschien mir ein wundersames Gesicht; denn es war mir, als sähe ich in meinem Zimmer einen feuerfarbenen Nebel, in welchem ich deutlich die Gestalt eines Gebieters von furchtbarem Anblick für jeden, der ihn schaute, sah: und zwar schien er mir selbst von solcher Freude erfüllt, daß es ganz wunderbar war, und in seinen Worten sagte er vieles, was ich nicht verstand, außer gar wenigen Worten; und unter diesen verstand ich deutlich: *Ich bin dein Herr*!

In seinen Armen aber schien mir ein nacktes Weib zu schlafen, das nur ganz leicht in ein blutrotes Tuch gehüllt war; und als ich diese mit vieler Aufmerksamkeit betrachtete, erkannte ich, daß es die Herrin des Grußes war, welche mich am anderen Tage ihres Grußes gewürdigt hatte. Und in der einen seiner Hände schien jener mir ein Ding zu halten, das völlig glühte, und es war mir, als spräche er die Worte: *Sieh hier dein Herz!* Und als er so einige Zeit verblieben war, schien es mir, daß er jene Schlafende aufweckte; und er gab sich viele Mühe, sie durch die Kraft seines Geistes dazu zu bewegen, daß sie jenes Ding, das in seinen Händen glühte, äße, und sie aß es zuletzt mit Zögern. Danach aber währte es nicht lange, und seine Fröhlichkeit verwandelte sich in das bitterste Weinen; und so weinend nahm er jenes Weib wieder in seine Arme, und mit ihr entschwebte er, wie es mir vorkam, gegen den Himmel. Davon aber empfand ich eine so heftige Angst und Beklemmung, daß der leise Schlaf, in dem ich befangen war, nicht anhalten konnte, sondern plötzlich verging, und ich erwachte.

Und alsbald begann ich nachzudenken, und ich fand, daß die Stunde, in welcher mir jenes Gesicht erschienen war, die vierte der Nacht gewesen, so daß sich deutlich ergibt, daß es die erste der neun letzten Stunden der Nacht gewesen war. Und indem ich über die Erscheinung nachsann, die ich gehabt, nahm ich mir vor, es viele wissen zu lassen, die berühmte Liebessänger jener Zeit waren. Und da ich nun damals schon von selbst die Kunst, Worte in Reimen zu sagen, erkannt hatte, so nahm ich mir vor, ein Sonett zu machen, in welchem ich alle Getreuen der Liebe grüßen und mit der Bitte, daß sie mich wissen lassen möchten, was sie über mein Gesicht dächten, ihnen schreiben wollte, was ich in meinem Schlafe gesehen; und da begann ich das Sonett, das beginnt: *Jede verliebte Seele.*

Jede verliebte Seele, jedes Herz, das rein,
Vor deren Anblick diese Verse kamen,
Grüß ich in ihres Herrn, in Amors Namen,
Und ihre Meinung möcht ich gern vernehmen:
Es mochte um die vierte Stunde sein
Der Zeit, in welcher alle Sterne glühn,
Als unvermutet Amor mir erschien;
Noch, denk ich dran, will mich ein Schauer lähmen!

Fröhlich schien Amor mir, in Händen hielt
Mein Herz er, und in seinen Armen lag
Die Herrin schlafend, in ein Tuch gehüllt.
Dann weckte er sie auf, und sie, mit Beben
Aß still mein glühend Herz. Fern schien der Tag,
Und weinend sah ich ihn von dannen schweben.

Dieses Sonett ist eingeteilt in zwei Teile: im ersten Teile grüße ich und begehre Erwiderung; im zweiten erkläre ich, worauf erwidert werden soll. Der zweite Teil beginnt bei: *Es mochte.*

Auf dieses Sonett wurde von vielen und in verschiedenem Sinne geantwortet, und unter den Antwortenden war auch derjenige, den ich den ersten meiner Freunde nenne; und er schrieb mir damals ein Sonett, das mit den Worten begann:*Mich dünkt, du durftest allen Wert erkunden.* Und dies war auch eigentlich der Anfang der Freundschaft zwischen ihm und mir, als er erfuhr, daß ich derjenige war, der ihm dies gesandt hatte. Die wahre Deutung des besagten Traumes wurde damals von keinem erkannt; aber heute ist sie auch den Einfältigsten offenbar.

IV.

Seit jenem Gesichte fing mein natürlicher Geist an, sehr in seiner Tätigkeit behindert zu sein, weil meine Seele ganz und gar den Gedanken an jene Holdseligste hingegeben war. Und davon ward ich in kurzer Zeit so hinfällig und schwach, daß vielen Freunden mein Anblick leid tat; und viele, die voll Neides waren, bemühten sich auf alle Weise, von mir zu erfahren, was ich vor den anderen durchaus geheim halten wollte.

Und ich, der ich die Bosheit der Fragen, die sie mir stellten, durchschaute, antwortete ihnen auf das Geheiß der Liebe, die mir gemäß dem Rate der Klugheit gebot, daß die Liebe es sei, die mich so weit gebracht hatte. Ich sagte "Aus Liebe", weil ich in meinem Antlitz so sehr ihre Zeichen trug, daß dies sich nicht verbergen ließ. Und als sie mich weiter fragten: "Um wen hat diese Liebe dich so verzehrt?" da sah ich sie nur lächelnd an und sagte nichts.

V.

Eines Tages geschah es, daß jene Allerlieblichste in einem Raume saß, in welchem Lieder zum Preise der Himmelskönigin zu hören waren; und ich befand mich an einem Orte, von dem aus ich meine Wonne sehen konnte. Und in der Mitte zwischen ihr und mir, in der geraden Linie, saß eine edle Dame von gar holdseligem Angesicht.

Die sah mich oftmals an und verwunderte sich über mein Schauen, das bei ihr zu enden schien; und da bemerkten wieder viele ihre Blicke. Und so sehr wurde darauf acht gegeben, daß, als ich jenen Ort verließ, ich hinter mir sagen hörte: "Sieh nur, wie der sich um jene Frau verzehrt." Und da sie ihren Namen nannten, erkannte ich, daß sie von jener sprachen, die sich inmitten der geraden Linie befunden hatte, die von der holdseligsten Beatrice ausging und in meinen Augen endigte.

Da freute ich mich gar sehr, da ich nun gewiß war, daß mein Geheimnis sich nicht an diesem Tage durch mein Schauen den anderen verraten hatte. Und sogleich gedachte ich, jene liebliche Frau zum Verbergen der Wahrheit zu benützen, und in kurzer Zeit stellte ich das so gut an, daß die meisten Personen, die sich um mich kümmerten, mein Geheimnis zu kennen glaubten.

Und durch diese Frau verbarg ich es einige Monate und Jahre; und um die anderen noch gläubiger zu machen, verfaßte ich für sie einige Sächlein in Reimen, die hier aufzuschreiben nicht in meiner Absicht liegt, es wäre denn, insoweit sie sich auf jene lieblichste Beatrice beziehen; und darum werde ich sie alle lassen, nur daß ich einiges weniges davon niederschreiben werde, das als ihr Preis erscheinen muß.

VI.

Ich sage, daß in jener Zeit, in welcher diese Dame der Schirm so großer Liebe war – wenigstens von meiner Seite –, mich eines Tages die Lust anwandelte, den Namen jener Holdseligen preisend zu erwähnen und mit ihr die Namen vieler anderer Frauen und vor allem auch den Namen dieser edlen Dame; und so wählte ich die Namen von sechzig der schönsten der Stadt, in welcher meine Herrin nach dem Willen des höchsten Gottes das Licht erblickt hatte, und verfaßte eine Epistel in der Form einer Serventese, welche ich hier nicht niederschreiben werde. Und ich hätte ihrer gar nicht Erwähnung getan, wenn ich nicht hätte sagen wollen, daß, als ich sie verfaßte, es wunderbarerweise geschah, daß der Name meiner Herrin sich in keine andere Versstelle fügen wollte als an die neunte Stelle unter den Namen jener Frauen.

VII.

Die Dame, durch welche ich meine Neigung so lange verborgen hatte, mußte die erwähnte Stadt verlassen und in ein fernes Land ziehen; wovon ich denn, ganz erschrocken, daß ein so schöner Schutz mir verloren gegangen, weit betrübter ward, als ich selbst vorher geglaubt hätte. Und da ich bedachte, daß, wenn ich von ihrer Abreise nicht mit vielem Schmerze spräche, die Leute mein Versteckenspiel zu rasch durchschauen würden, so beschloß ich, in einem Sonett darüber zu klagen, das ich hier aufschreiben werde, weil meine Herrin der unmittelbare Anlaß zu gewissen Worten war, die sich im Sonett finden, wie es jedem, der es versteht, klar werden wird, und so verfaßte ich dieses Sonett, das beginnt: *O ihr, die ihr den Weg.*

O ihr, die ihr den Weg der Liebe gehet,
Haltet still und sehet,
Ob wohl ein Schmerz dem meinen gleich zu nennen,
Gebt mir Gehör, ich bitt' euch drum von Herzen,
Denn dann könnt ihr erkennen,
Wie sehr ich bin das Schloß und Tor der Schmerzen.
Die Lieb' hat – nicht, daß ich würdig ward –
Nein, nur aus edler Art
Verlieh'n mir ein so wunderselig Leben,
Daß hinter mir ich oftmals fragen hörte:
Was hat denn der Betörte
So froh das Herz? was ward ihm denn gegeben?

Nun hab' ich all den frohen Mut verloren,
Der meinem Liebesschatz entstammt, dem reichen,
Und arm, wie ich geboren,
Bleib' ich zurück und wag's kaum zu gestehen,
Und jenen muß ich gleichen,
Die aus Scham, was ihnen fehlt, verhehlen
Und die fröhlich durch die Menge gehen,
Während Leid und Not ihr Herze quälen.

Dieses Sonett hat zwei Hauptteile: und im ersten rufe ich die Getreuen der Liebe mit jenen Worten des Propheten Jeremias an: *Ihr alle, die Ihr hier vorübergehet, merket auf und sehet, ob ein Schmerz ist wie mein Schmerz*, und bitte sie, daß sie die Geduld haben mögen, mich anzuhören. Im zweiten Teil erzähle ich, in welche Lage die Liebe mich versetzt, doch in anderem Sinne, als die letzten Teile des Sonetts besagen, sage auch, was ich verloren habe. Der zweite Teil beginnt bei: *Die Lieb' hat*.

VIII.

Nach der Abreise jener edlen Dame gefiel es dem Herrn der Engel, eine Jungfrau von holdseligem Anblick zu seiner Herrlichkeit zu berufen, welche in jener früher erwähnten Stadt gar anmutig und bei allen beliebt gewesen war; und ich sah ihren entseelten Leib liegen, und um ihn viele Frauen, die gar mitleidsvoll weinten; und da ich mich erinnerte, daß ich sie bereits in Gesellschaft jener Lieblichsten gesehen hatte, konnte auch ich einige Tränen nicht unterdrücken; und weinend nahm ich mir auch vor, einige Worte über ihren Tod zu sagen, zum Lohne dafür, daß ich sie einmal zugleich mit meiner Herrin gesehen hatte. Und darauf spielte ich auch im letzten Teil der Verse, die ich darüber dichtete, an, wie es dem, der es versteht, offenbar werden wird; und so dichtete ich nun die folgenden zwei Sonette, von denen das erste mit den Worten: *Weint, Liebende* und das zweite mit den Worten: *O wilder Tod* beginnt:

Weint, Liebende, da Amors Tränen flossen,
Und höret, was ihn treibt zu solcher Klage:
Er hörte Frauen weinen früh am Tage,
Die bittre Tränen tiefen Leids vergossen:
Es hat der Grausame, den keiner richtet,
Der wilde Tod, ein liebes Herz zerstöret,
Und was die Welt an einem Mägdlein ehret –
Nur ihre Ehre nicht! –, hat er vernichtet.

Hört, welche Ehre Amor ihr erwiesen,
Denn klagen sah ich ihn um sie in Wahrheit:
Bald beugt' er zum entseelten Bild sich nieder,
Bald blickt' er hoch empor zum Himmel wieder,
Wo schon die Seele schwebt' in lichter Klarheit:
Des Mägdleins helles Antlitz sei gepriesen!

Dieses erste Sonett ist in drei Teile eingeteilt: im ersten rufe ich die Getreuen der Liebe und heiße sie weinen und sage, daß ihr Herr weint und daß, nachdem sie den Grund vernommen, weshalb er weinet, sie sich bereiten mögen, noch mehr von mir zu hören; im zweiten berichte ich jenen Grund; im dritten rede ich von einer Ehre, die Amor jener Dame erwies. Der zweite Teil beginnt bei: *Er hörte*, der dritte bei: *Hört*.

O wilder Tod, erbarmungsloser Fluch,
Grauser Vater aller Schmerzen,
Peinlicher, unveränderlicher Spruch,
Du gabst solch Weh dem leidgequälten Herzen,

Daß ich nun geh' gedankenvoll
Nachsinnend drob, wie ich dich schmähen soll!
Wenn man, wie du, so kein Erbarmen kennt,
So darf ich jedem klagen
Das bittre Unrecht, das im Herzen brennt,
Das du getan, und jedem will ich's sagen,
Schmerz soll und Leiden wühlen
In allen Seelen, die da Liebe fühlen!

Du hast die Liebenswürdigkeit
Der Welt entrissen und preiswürd'ge Tugend
Und hast in heitrer Jugend
Zerstört die liebliche Holdseligkeit.
Nicht sag ich, wer das Mägdlein, das gestorben,
Ich nenne nur, was sie geziert auf Erden,
Nur wer das Heil erworben,
Darf hoffen, je mit ihr vereint zu werden!

Dieses Sonett ist in vier Teile eingeteilt: im ersten nenne ich den Tod bei einigen Namen, die ihm zukommen; im zweiten rede ich ihn selbst an und sage den Grund, aus dem ich mich anschicke, ihn zu tadeln; im dritten schmähe ich ihn; im vierten wende ich mich an eine unbestimmte Person, ob sie schon meinem Sinn nach eine bestimmte ist. Der zweite Teil beginnt bei: *Du gabst,* der dritte bei: *Wenn man,* der vierte bei: *Nur wer das Heil erworben.*

IX.

Einige Tage nach dem Tode jenes Mägdleins trug sich etwas zu, was mich nötigte, aus der erwähnten Stadt zu verreisen und mich in der Richtung nach jener Gegend von ihr zu entfernen, in der sich die liebliche Frau befand, die mein Schutz gewesen war; obschon das Ziel meines Weges nicht ganz so weit entfernt lag, wie sie es war. Und obgleich ich, soviel man sehen konnte, mich in der Gesellschaft vieler befand, mißfiel mir die Reise doch so sehr, daß auch die Seufzer nicht die trübe Beklemmung erleichtern konnten, die das Herz empfand, weil ich mich von meiner Wonne entfernen mußte. Und da erschien mir im Geiste der süßeste Gebieter, der mich durch das holdselige Weib beherrschte, gleich einem Pilger leicht und in ärmliche Gewande gekleidet. Er schien mir bekümmert und sah zur Erde, nur dann und wann schien es mir, als ob seine Augen sich zu einem schönen, rasch dahinströmenden Flusse von herrlicher Klarheit wendeten, der den Weg, auf dem ich mich befand, entlangfloß. Mir schien es, als ob Amor mir riefe und mir folgende Worte sagte: "Ich komme von jener Dame, welche lange Zeit dein Schutz gewesen ist, und ich weiß, daß sie nicht wiederkehren wird, und darum habe ich dies Herz, das du auf mein Geheiß bei ihr haben mußtest, bei mir und bringe es zu einer Frau, die dein Schutz sein wird, wie jene es gewesen."

Und er nannte sie mir, und ich kannte sie recht gut. "Allerwege jedoch, wenn du von diesen Worten, welche ich mit dir geredet, einige aussprechen wolltest, so tu es in einer Weise, daß sich aus ihnen nicht die vorgespiegelte Liebe, die du für jene gezeigt und welche du nun für eine andere wirst zeigen müssen, erkennen lasse." Und als er diese Worte gesprochen hatte, war das ganze Traumgebilde sogleich verschwunden, infolge der übergroßen Erregung, die Amor in mir wachgerufen hatte. Mein Angesicht war völlig verändert, und so ritt ich an jenem Tage gar nachdenklich und im Geleite von vielen Seufzern. Und am Tage darauf begann ich das Sonett, das da beginnt: *Ich ritt.*

Ich ritt des andern Tags auf einer Heide,
In tiefem Sinnen, wie ich manchmal pflege,
Da fand ich Amor mitten auf dem Wege,
Den Liebesgott in leichtem Pilgerkleide.
Sein Antlitz schien gedrückt, muß ich gestehen,
Als wäre seine Herrschaft ihm genommen,
So sah ich seufzend ihn und sinnend kommen,
Gebeugten Haupts, um niemanden zu sehen.

Als er mich sah, rief er mich an und sprach:
"Ich komme jetzt aus einem fernen Land,
Wo sich auf mein Geheiß dein Herz befand,
Zurück zu neuem Spiel bring ich's gemach."
Dies hörend, sann so tief ich drüber nach,
Daß, ohne daß ich's merkte, er verschwand.

Dieses Sonett hat drei Teile: im ersten sage ich, wie ich Amor traf und wie er mir erschien; im zweiten sage ich, was ermir gesagt, wenn auch nicht vollständig, aus Furcht, mein Geheimnis zu verraten; im dritten sage ich, wie er verschwand. Der zweite Teil beginnt bei: *Als er mich sah*, der dritte bei: *Als ich das hörte*.

X.

Sogleich nach meiner Rückkehr ging ich daran, nach jener Dame zu fragen, die mein Gebieter mir auf dem Weg der Seufzer genannt hatte, und um es in Kürze zu berichten, sag' ich, daß ich sie in wenig Zeit so sehr zu meinem Schirme machte, daß allzu viele Leute über die Grenzen des Geziemenden hinaus davon sprachen, was mir oftmals gar schwer aufs Herz fiel. Und aus diesem Grunde, das heißt, wegen dieses ungehörigen Geredes, das mich böslicherweise in üblen Ruf zu bringen schien, weigerte mir jene Allerlieblichste, welche die Zerstörerin aller Laster und die Königin der Tugenden war, als sie an mir irgendwo vorüberging, ihren süßesten Gruß, in welchem all meine Wonne bestand. Und indem ich ein wenig von dem vorliegenden Gegenstande abschweife, will ich zu verstehen geben, was ihr Gruß in tugendreicher Weise in mir bewirkte.

XI.

Ich sage, daß, wenn sie mir an irgendeiner Stelle erschien und ich auf ihren wundersamen Gruß hoffen durfte, mir da kein Feind blieb, ja es erfaßte mich eine Flamme der Liebe, die mich allen Menschen, die mich gekränkt haben mochten, zu verzeihen trieb, und wer immer mich da um irgend etwas gebeten hätte, ich hätte nur mit demütigem Antlitz das eine Wort "Liebe" als einzige Antwort gewußt. Und wenn sie eben nahe am Grüßen war, da vernichtete ein Geist der Liebe alle anderen Geister der Empfindung und drängte die matten Geister des Gesichtes vorwärts und sagte zu ihnen: "Gehet und ehret eure Herrin!" und er selbst verblieb an ihrer Stelle. Und wer da hätte die Liebe sehen wollen, der hätte es können, wenn er auf das Zittern meiner Augen geachtet hätte. Und wenn das allerlieblichste Weib grüßte, da stand die Liebe nicht etwa im Wege, so daß sie die schier unerträgliche Seligkeit verfinstert hätte, sondern gleichsam durch ein Übermaß der Wonne wuchs sie so, daß mein Leib, der ganz ihren Geboten unterworfen war, sich oft nur wie etwas Schweres und Lebloses bewegte. So daß ganz offenbar wurde, daß in ihrem Gruß meine Seligkeit lag, die gar viele Male über das Maß meiner Kräfte hinausging und mich völlig überwältigte.

XII.

Nun kehre ich zu meinem Gegenstande zurück und sage, daß, als meine Seligkeit mir verweigert ward, mich solcher Schmerz erfaßte, daß ich die Menschen mied und, in einsame Gegenden entflohen, die Erde mit den bittersten Tränen netzte; und nachdem dieses Weinen mich ein wenig erleichtert hatte, begab ich mich in meine Kammer, wo ich klagen konnte, ohne gehört zu werden. Und hier rief ich die Herrin der Güte um Mitleid an, und mit den Worten: "O Liebe, hilf doch deinem Getreuen!" schlief ich ein, wie ein Kindlein, das Schläge bekommen und weinend einschläft. Es mochte etwa die Hälfte meines Schlafes vorüber gewesen sein, als ich neben mir in meinem Zimmer einen

Jüngling sitzen zu sehen meinte, der in die allerweißesten Gewande gehüllt war und der mich mit gar nachdenklichem Gesichte betrachtete, wie ich dalag. Und als er mich eine Zeitlang angesehen hatte, war mir's, als ob er mich seufzend beim Namen riefe und mir die Worte sagte: *Mein Sohn, es ist Zeit, daß unsere Verstellung ein Ende nehme.* Und da glaubte ich ihn wohl zu kennen, weil er mich so anrief, wie er mich schon so manches Mal in meinen Träumen gerufen hatte.

Und wie ich ihn ansah, da schien er mir gar mitleidig zu weinen, und er schien auch einige Worte von mir zu erwarten. Daher faßte ich Mut und begann in folgender Weise mit ihm zu sprechen: "O edelster Herr, warum weinest du?" Und er erwiderte mir die folgenden Worte: *Ich bin wie der Mittelpunkt eines Kreises, zu welchem alle Teile des Umfangs sich in gleicher Weise verhalten, du aber bist nicht so.* Wie ich über diese Worte nachdachte, schien mir's, daß er gar dunkel zu mir geredet hätte, so daß ich mich zu sprechen zwang und sagte: "Was bedeutet das, o Herr, daß du so dunkel zu mir redest?" Und jener erwiderte in gewöhnlicher Sprache: "Frage du nicht mehr, als dir gut ist." Und daher begann ich mit ihm über den Gruß zu sprechen, der mir verweigert worden, und fragte ihn nach dem Grunde. Und in folgender Weise wurde mir von ihm erwidert: "Unsere Beatrice hörte von gewissen Leuten, die über dich sprachen, daß die Dame, die ich dir auf dem Seufzerwege genannt, durch dich Verdruß gehabt hätte. Und darum würdigte jene Lieblichste, welche eine Feindin alles Verdrusses und Schadens ist, dich nicht ihres Grußes, aus Furcht, daß du ein Schädlicher sein könntest. Und darum will ich, ob ihr gleich infolge der langen Gewohnheit dein Geheimnis wahrhaftig nicht mehr völlig verborgen ist, daß du einige Worte in Reime fassest, in welchen du die Gewalt, welche ich durch sie über dich habe, erwähnest und wie du schon als Knabe so rasch ihr eigen geworden.

Und zum Zeugnis dessen rufe den auf, der dies weiß, und bitte ihn gleichsam, daß er es ihr sage; und ich, der ich jener bin, werde gern mit ihr davon sprechen; und hiedurch wird sie deine Gesinnung erkennen und, wenn sie diese einmal erkannt, die Worte der Getäuschten verstehen. Sorge auch, daß diese Worte gleichsam Zwischenträger seien zwischen ihr und dir, so daß du nicht geradewegs sie anredest, weil sich das nicht ziemen würde. Und sende sie nirgend hin ohne mich, wo sie sie vernehmen könnte, aber siehe zu, daß du sie mit süßem Wohllaut schmückest, in welchem ich sein werde, so oft es not tun wird."

Und als er diese Worte gesprochen, verschwand er, und mein Schlaf war vorüber. Und in der Erinnerung fand ich, daß dieses Gesicht mir in der neunten Stunde des Tages erschienen war, und noch bevor ich jenes Zimmer verließ, beschloß ich, eine Ballade zu verfassen, in welcher ich alles befolgen wollte, was mein Herr mir geboten, und so machte ich denn diese Ballade, die beginnt: *Du sollst, mein Lied.*

Du sollst, mein Lied, den Gott der Liebe finden,
Und sollst mit ihm zu meiner Herrin gehen,
Daß deine Worte neu mich ihr verbinden
Und meines Fehls Rechtfertigung ihr künden,
Dazu mag er dann, mein Gebieter, sehen.
Zu ihm nimm deinen Lauf!

Du gehst, mein Lied, in so sittsamer Weise,
Daß du wohl auch allein
Kühn dürftest wagen deine Liebesreise;
Doch willst du deines Ziels ganz sicher sein,
Dann such erst Amor auf!
Wer weiß, ob's gut ist, ohne ihn zu gehen.
Denn jene, welche dich empfangen soll,
Hegt gegen mich, so muß ich fürchten, Groll,
Und kämst du ohne ihn zu ihr gegangen,
Sie könnte leicht unlieblich dich empfangen.

Mit süßem Ton, wenn du vor sie getreten,
Beginn in solcher Art,
Nachdem zuerst um Mitleid du gebeten:
"O, Herrin, der, von dem gesandt ich ward,
Er wagt's, Euch anzuflehen,
Was ihn entschuldigt, möget ihr verstehen,
Verstehen, daß Lieb' und Eure Schönheit nur
Zu wandeln ihn bewog auf fremder Spur,
Warum er's tat, das könnt Ihr leicht erkennen –
Nie hat von Euch das Herz er wenden können!

O, Herrin," sag, "sein Herz war hingegeben
Euch in so steter Treue,
Daß all sein Denken nur in Euch mag leben,
Früh ward er Euer und blieb es ohne Reue."

Und glaubt sie es dir nicht,
Sei Amor Zeuge mir für ihr Gericht.
Doch kannst du mir Verzeihung nicht erwerben,
Dann möge sie gebieten mir zu sterben.
Mit dem Befehl magst du dann von ihr gehen,
Und ihres Knechts Gehorsam wird sie sehen.

Doch ihm, dem des Erbarmens Schlüssel kund,
Sag, eh' verhallt dein Klang,
Daß er ihr schildre meinen guten Grund
Zum Lohn für meinen lieblichen Gesang.
Sag ihm: "O bleib noch hier
Und sprich, mein Herr, von deinem Knecht mit ihr.
Und wird durch dich ihm der Verzeihung Glück,
Verkünde Frieden ihm mit hellem Blick."
Und nun, wenn's dir gefällt, mein lieblich Lied,
Komm heim, wie einer, der in Ehren schied!

Diese Ballade ist in drei Teile geteilt: im ersten sage ich ihr, wo sie hingehen möge, und spreche ihr Mut zu, damit sie sicherer dahingehe; und sage ihr auch, in welche Gesellschaft sie sich begeben solle, wenn sie in Sicherheit ihres Weges ziehen will und ohne alle Gefahr; im zweiten sage ich, was ihr zu verkünden obliegt; im dritten gebe ich ihr Urlaub, zu gehen wann sie will, indem ich ihren Gang dem guten Glücke empfehle. Der zweite Teil beginnt bei: *Mit süßem Ton*; der dritte bei: *Und nun*.

Hier könnte wohl einer gegen mich auftreten und sagen, daß er nicht wisse, wem mein Sprechen in der zweiten Person gelte, weil ja die Ballade nichts anderes ist, als eben die Worte, die ich rede. Und darum sage ich über diesen Zweifel, daß ich ihn an einer anderen Stelle in diesem Büchlein zu lösen und aufzuklären gedenke, die noch zweifelhafter ist, und dann wird, wer hier zweifelt oder hier Widerspruch erheben wollte, erkennen, wie ich es meine.

XIII.

Alsbald nach jener oben geschilderten Vision, nachdem ich die Worte bereits in Reime gefaßt, die Amor mir zu sagen befohlen hatte, begannen viele und widerstreitende Gedanken mich zu bestürmen und zu versuchen, und zwar fast jeder so, daß ich mich seiner nicht erwehren konnte; und unter diesen Gedanken waren vier, die mir die Ruhe des Lebens am meisten verstörten. Und der erste davon war dieser: Gut ist die Herrschaft der Liebe, da sie den Sinn ihres Getreuen von allem Niedrigen abhält. Der zweite war der: Nicht gut ist die Herrschaft der Liebe, denn je mehr Treue ihr Getreuer für sie im Herzen trägt, desto schwererem und schmerzlicherem Leide muß er begegnen.

Wieder ein anderer war: Der Name der Liebe ist so süß zu hören, daß es mir unmöglich dünket, daß sein Wirken in den meisten Wesen und Dingen anders denn wonnig sein könnte, da ja die Namen und Worte sich nach den Dingen richten, welche sie benennen, wie geschrieben steht: *Die Namen folgen aus den Dingen.* Der vierte aber war der: Das Weib, um welches die Liebe dich so bedränget, ist nicht wie andere Frauen, daß ihr Herz sich leichtlich bewegen ließe. Und all diese Gedanken bestürmten mich dermaßen, daß ich dastand wie einer, der nicht weiß, welchen Weg er einschlagen soll, der gehen will und nicht weiß, welchen Weges zu wandeln. Und dachte ich daran, einen Weg zu suchen, welcher allen gemeinsam wäre, einen Weg, auf dem alle sich einen könnten, so blieb nur einer, der mir gar feindselig war, nämlich die Gnade anzurufen und mich ihr in die Arme zu werfen. Und da ich in diesem Zustand verblieb, wandelte mich die Lust an, in gereimten Worten darüber zu sprechen, und daher verfaßte ich das Sonett, das beginnt: *Meine Gedanken.*

Meine Gedanken reden nur von Liebe,
Doch unter sich sind sie gar sehr verschieden,
Der eine preiset ihre hohen Triebe,
Der andre sehnet zweifelnd sich nach Frieden.
Der eine bringt der Hoffnung süßes Beben,
Ein andrer manchen Strom von bittern Tränen –
Im Herzen zittert Furcht. Eins ist ihr Streben
Darin, daß alle sich nach Gnade sehnen.

Ich aber steh' inmitten zweifelsvoll,
Will reden, weiß nicht, was ich reden soll,
Und finde mich in liebevoller Irrung.
Und will ich lösen jegliche Verwirrung,
So kann es nur geschehn, wenn ich Frau Gnade,
Die meine Feindin, zur Entscheidung lade.

Dieses Sonett kann man in vier Teile einteilen: im ersten Teile sage ich und schicke voraus, daß alle meine Gedanken Liebesgedanken sind; im zweiten sage ich, daß sie von verschiedener Art sind, und erkläre ihre Verschiedenheit; im dritten sage ich, worin alle übereinzustimmen scheinen; im vierten sage ich, daß ich, wenn ich von der Liebe reden will, nicht weiß, welche Gedanken ich zu meinem Stoffe nehmen soll, und daß, wenn ich sie alle nehmen will, ich meine Feindin, Frau Gnade, zu Hilfe rufen muß. Und wenn ich sie hier "Frau" Gnade nenne, so geschieht es gleichsam in trotziger und spöttischer Redeweise. Der zweite Teil beginnt bei: *Doch unter sich*, der dritte bei: *Eins ist ihr Streben*, der vierte bei: *Ich aber*.

XIV.

Nach dem Kampfe der verschiedenen Gedanken geschah es, daß jene Allerlieblichste an einen Ort kam, wo viele liebliche Frauen versammelt waren; und an denselben Ort ward auch ich von einer befreundeten Person geführt, die mir einen großen Gefallen zu tun glaubte, da sie mich dorthin führte, wo so viele Frauen ihre Schönheit zeigten. Ich, der ich nicht recht wußte, wozu ich geführt wurde, und mich auf jene Person, die einer ihrer Freunde an den Rand des Verderbens geführt hatte, verließ, sagte: "Warum sind wir zu diesen Frauen gekommen?" Darauf sagte mir jener: "Um zu sorgen, daß sie würdig bedient werden." Und die Wahrheit war, daß sie dort versammelt waren zum Ehrengeleite einer vornehmen Dame, welche sich an jenem Tage vermählt hatte; denn es ziemte sich nach der Sitte jener Stadt, daß sie ihr Gesellschaft leisteten, wenn sie zum ersten Mal im Hause ihres jungen Gatten am Tische saß. So gedachte auch ich, indem ich jenem Freunde gefällig zu sein glaubte, zum Dienste jener Frauen, die in ihrer Gesellschaft waren, zu bleiben. Und kaum hatte ich mir dies vorgenommen, da war mir, als fühlte ich ein seltsames Zittern in meiner Brust an der linken Seite, das sogleich durch alle Teile meines Körpers sich verbreitete.

Und nun, sage ich, lehnte ich mich heimlich an ein Gemälde, welches das ganze Gemach umgab, und da ich in der Furcht, ob ein anderer mein Zittern bemerkt hätte,die Augen erhob und nach den Frauen schaute, sah ich unter ihnen die holdseligste Beatrice. Da wurden meine Geister so heftig verstört durch die Gewalt der Liebe, da sie sich in solcher Nähe des lieblichsten Weibes sah, daß nichts in mir das Leben bewahrte außer den Geistern des Gesichtes, und auch die mußten aus ihren Werkstätten fliehen, da Amor an ihrem edlen Sitz weilen wollte, um das wunderbare Weib zu schauen.

Und obgleich ich ganz ein anderer war, als ich vorher gewesen, so tat es mir doch gar leid um jene Geisterchen, die sich heftig beklagten und sagten: "Wenn uns jener nicht mit seinem Blitzstrahl so aus unserem Platze geschleudert hätte, so könnten wir dort sein, um jenes Wunder von einem Weibe zu sehen, so wie die anderen unseresgleichen tun." Und ich muß sagen, daß viele Frauen meine Transfiguration bemerkten und sich zu wundern begannen und davon redeten und über mich mit jener Lieblichsten scherzten.

Aber mein betrogener Freund nahm mich in gutem Glauben bei der Hand, entzog mich den Blicken jener Frauen und fragte mich, was ich denn hätte. Und als ich eine Weile geruht und meine erstorbenen Lebensgeister wieder auferstanden und die vertriebenen wieder an ihre Stelle zurückgekehrt waren, da sagte ich zu jenem Freunde die Worte: "Ich habe den Fuß an jene Stelle des Lebens gesetzt, über welche keiner hinausgehen kann, der die Absicht hat, wiederzukehren."

Darauf trennte ich mich von ihm und kehrte in die Kammer der Tränen zurück, in welcher ich beschämt und weinend zu mir selbst sagte: "Wenn jene Frau meinen Zustand kennte, glaube ich nicht, daß sie mich so verlachen würde, ja ich glaube, daß viel Mitleid mit mir sie ergreifen würde." Und wie ich noch so weinte, beschloß ich, Worte in Versen zu sagen, in welchen ich ihr, an sie redend, den Grund meiner völligen Verwandlung kundgeben wollte und ihr sagen wollte, wie gut ich wüßte, daß derselbe unbekannt sei und daß, wenn er bekannt wäre, Mitleid die anderen ergreifen würde; und ich beschloß dies mit dem sehnsüchtigen Wunsche, daß sie durch Zufall ihr zu Gehör kommen möchten; und so verfaßte ich das Sonett, das mit den Worten beginnt: *Ihr scherzet*.

Ihr scherzet über mich mit andern Frauen
Und denkt nicht, Herrin, wie es kommen mag,
Daß ich verändert Euch erschien am Tag,
An dem ich Eure Schönheit durfte schauen.
Wenn Ihr es wüßtet, darauf will ich bauen,
Zum Mitleid würde Euer stolzer Sinn,
Da Amor mich, sobald bei Euch ich bin,
Beherrscht mit übermütigem Vertrauen.

Mit mächt'gem Schlag ins zitternde Empfinden
Verjagt er meine bangen Lebensgeister,

Und er nur bleibt in mir, um Euch zu schauen.
So müßt Ihr mich wohl einen andern finden,
Und doch blieb ich genug der Seele Meister,
Zu fühlen der Vertriebnen schmerzlich Grauen.

Dieses Sonett teile ich nicht in Teile ein, weil eine Einteilung nur dazu dient, den Sinn der eingeteilten Sache besser kundzutun. Da nun diese Sache nach dem, was oben über ihren Grund gesagt worden, offenbar genug ist, so bedarf es keiner Einteilung. Es ist wahr, daß unter den Worten, in welchen die Veranlassung zu diesem Sonett dargelegt ist, sich einige Worte von zweifelhaftem Sinn finden: nämlich dort, wo ich sage, daß Amor alle meine Lebensgeister tötet und daß die des Gesichtes am Leben bleiben, jedoch außerhalb ihrer Werkstätten. Aber dieser Zweifel ist unmöglich für den zu lösen, der nicht in gleichem Grade ein Getreuer der Liebe ist; und denen, die solche sind, ist das, was den Zweifel jener Worte lösen könnte, ohnedies offenbar; und darum wäre es nicht gut für mich, solchen Zweifel aufzuklären, da ja mein Reden doch vergeblich oder aber von Überfluß wäre.

XV.

Nach dieser neuen Transfiguration kam mir ein heftiger Gedanke, der mich nur wenig verließ, mich vielmehr beständig wieder ergriff und mir folgendes vorhielt: "Da du einen so verlachenswerten Anblick bietest, wenn du in der Nähe jenes Weibes bist, warum suchst du dennoch sie zu sehen? Sieh, wenn sie dich darum fragen würde, was hättest du ihr zu erwidern, gesetzt, daß all deines Geistes Kräfte frei blieben, wenn du ihr antwortest?"

Und hierauf antwortete ein anderer bescheidener Gedanke und sprach: "Wenn ich die Kräfte meines Geistes nicht verlieren würde und unbefangen genug bliebe, um ihr antworten zu können, dann würde ich ihr sagen, daß, sobald ich ihre wundersame Schönheit mir nur im Bilde meines Geistes vorstelle, mich auch eine so mächtige Sehnsucht ergreift, sie wirklich zu schauen, daß sie alles zerstört und tötet, was sich in meinem Gedächtnisse gegen sie erheben könnte; und darum halten mich die vergangenen Leiden nicht ab, ihren Anblick zu suchen." Und so, bewegt von solchen Gedanken, beschloß ich gewisse Worte in Versen zu sagen, in welchen ich mich von solchem Tadel vor ihr rechtfertigen wollte und in welche ich zugleich auch bringen wollte, was in ihrer Nähe sich mit mir ereignete, und ich verfaßte das Sonett, das beginnt: *Was meinen Sinn.*

Was meinen Sinn erfüllt, das muß ersterben,
Sobald ich Euch erblicke, schöne Freude,
Wenn ich Euch nahe, meine Augenweide,
Raunt Amor: "Flieh! du gehst in dein Verderben!"
Bleich wird mein Antlitz von des Herzens Beben,
Ersterbend muß ich an die Wand mich halten,
Und wie ein Trunkner hör' ich noch der kalten
Steinwände Donnerruf: "Du kannst nicht leben!"

Der sündigt wahrlich, der in solchem Bangen
Durch einen einzigen Blick des Mitleids nicht

Aufrichtet mein verstört und zitternd Herz –
Allein das Mitleid tötet Euer Scherz,
Das Mitleid, welches sonst mein blaß Gesicht
Erregte und der Augen Todverlangen.

Dieses Sonett ist in zwei Teile eingeteilt: im ersten sage ich den Grund, weshalb ich nicht davon lasse, mich in die Nähe jenes Weibes zu begeben; im zweiten sage ich, was mir begegnet, wenn ich in ihre Nähe komme; und es beginnt dieser Teil bei: *Wenn ich Euch nahe*. Und dieser zweite Teil ist wieder in fünf geteilt, und fünffach verschiedentlichem Berichte gemäß: denn im ersten sage ich, was Amor, von der Vernunft beraten, mir sagt, wenn ich ihr nahe bin; im zweiten mache ich den Zustand des Herzens durch den des Gesichtes kund; im dritten sage ich, wie mich jede Sicherheit verläßt; im vierten sage ich, daß der sündigt, der nicht Mitleid mit mir zeigt, um mir einigen Trost zu geben; im letzten sage ich, weshalb man mit mir Mitleid haben sollte, nämlich um des mitleidswürdigen Ausdrucks willen, der in meinen Augen liegt, und daß dieser mitleidswürdige Ausdruck vernichtet wird, das heißt andere nicht ergreifen kann, infolge des Scherzens jener Frau, die auch jene zu gleichem Tun verführt, die sonst vielleicht dies Elend gewahr würden. Der zweite Teil beginnt bei: *Bleich wird mein Antlitz*; der dritte bei: *Und wie ein Trunkner*; der vierte bei: *Der sündigt*; der fünfte bei: *Allein das Mitleid*.

XVI.

Als ich dieses Sonett verfaßt hatte, ergriff mich die Lust, noch andere Verse zu verfassen, in welchen ich viererlei Dinge über meinen Zustand sagen wollte, die ich bis dahin noch nicht ausgesprochen zu haben glaubte. Das erste von diesen ist, daß ich mir gar vielmals leid tat, wenn meine Erinnerung meine Phantasie dazu bewog, sich vorzustellen, was die Liebe aus mir machte. Das zweite ist, daß Amor mich oft und plötzlich so gewaltig überfiel, daß nichts anderes in mir lebendig blieb denn ein einziger Gedanke, der von meiner Herrin sprach. Das dritte ist, daß, wenn solch ein Liebeswogen mich bestürmte, ich mit völlig entfärbtem Gesichte mich aufmachte, um jene Herrin zu sehen, in der Meinung, daß ihr Anblick mich vor diesem Sturme schirmen werde, und vergessend, wie mir ward, wenn ich solcher Lieblichkeit mich näherte. Das vierte ist, wie dann dieser Anblick mich nicht nur nicht beschirmte, sondern das geringe Leben, das noch in mir war, völlig vernichtete; und darum schrieb ich das Sonett, das beginnt: *Schon oftmals*.

Schon oftmals ist mir in den Sinn gekommen,
Wie dunkel Amor mein Gemüt gemacht,
Und Mitleid faßt mich, so daß ich beklommen
Mich frage: Hat er jedem dies gebracht?
Denn oftmals überfällt er mich mit Macht,
Daß fast der ganze Odem mir benommen –
Ein Geist nur, der von Euch mir redet sacht,
Ist in dem tödlich wilden Sturm entkommen.

Dann zwing' ich mich, um neu mich zu beleben,
Und totenblaß und jeder Kraft beraubt,
Komm' ich zu Euch und hoffe zu gesunden.
Doch so wie meine Blicke Euch gefunden,

Fährt mir ein Zittern jäh durch Herz und Haupt,
Und aus dem Busen will die Seele schweben.

Dieses Sonett ist in vier Teile geteilt, vier Dingen gemäß, die darin berichtet werden; da sie schon oben erörtert sind, so halte ich mich hier nicht weiter damit auf und will nur die einzelnen Teile nach ihren Anfängen unterscheiden. Und darum sage ich, daß der zweite Teil bei: *Denn oftmals* beginnt; der dritte bei: *Dann zwing' ich mich*; der vierte bei: *Doch so wie.*

XVII.

Nachdem ich diese drei Sonette verfaßt, in welchen ich zu dieser Frau gesprochen, und da selbe ihr fast völlig enthüllen mußten, wie es um mich stand, so gedachte ich nun fürder zu schweigen, da es mir schien, daß ich bereits genug von mir offenbart hatte. Aber, wie dem nun sein mochte, sooft ich davon ablassen wollte, zu ihr im Gedichte zu sprechen, mußte ich immer neuen und immer edleren Stoff finden als vorher. Und da die Veranlassung zu dem neuen Stoffe ergötzlich zu hören ist, werde ich sie so kurz, als ich kann, mitteilen.

XVIII.

Es hatten indessen aus meinem Anblick viele Personen das Geheimnis meines Herzens erraten, und so waren einstmals gewisse Frauen versammelt, die sich miteinander gar freundlich unterhielten und die alle mein Herz recht gut kannten, da jede von ihnen bei vielen meiner Niederlagen gegenwärtig gewesen war. Und ich, wie vom Glücke geführt, kam an ihnen vorübergegangen, und da wurde ich von einer der lieblichen Frauen angerufen, und die, welche mich gerufen hatte, war ein Weib, das gar anmutig zu reden wußte. Als ich vor ihnen stand und wohl sah, daß meine allerlieblichste Herrin nicht unter ihnen war, da ward ich sicherer und grüßte sie und fragte nach ihrem Gefallen.

Es waren aber der Frauen viele und einige darunter, die heimlich untereinander lachten. Andere waren da, welche mich ansahen und darauf warteten, was ich sagen würde. Andere wieder redeten untereinander, und von diesen richtete eine die Augen auf mich und rief mich beim Namen und sagte mir die folgenden Worte: "Zu welchem Ende liebst du jenes Weib, da du ihre Gegenwart doch nicht ertragen kannst? Sag uns dies, denn sicherlich, das Ziel solch einer Liebe muß ganz ein neues sein." Und als sie diese Worte zu mir gesprochen, da begannen auch all die anderen Frauen mich anzusehen, so wie sie, und lauschten auf meine Antwort. Darauf sprach ich zu ihnen: "Edle Frauen, das Ziel meiner Liebe war bereits der Gruß jener Frau, an welche ihr vielleicht denket, und in ihm lag meine Seligkeit, die das Ziel all meiner Wünsche war. Aber nachdem es ihr gefallen hat, ihn mir zu verweigern, hat mein Herr und Gebieter Amor durch seine Gnade all meine Seligkeit in das gelegt, was mir nie geschmälert werden kann." Nun begannen jene Frauen untereinander zu sprechen, und so wie wir manchmal Regen fallen sehen, mit schönem Schnee vermischt, so schien es mir, als sähe ich ihre Worte vermischt mit Seufzern fallen.

Und als sie eine Weile untereinander geredet, sagte mir wieder jene Frau, die zuerst zu mir gesprochen hatte: "Wir bitten dich, daß du uns sagen mögest, worin diese deine Seligkeit lieget." Und ich sagte ihnen zur Antwort soviel: "In jenen Worten, welche meine Herrin preisen." Und die, die mit mir sprach, antwortete mir: "Wenn dies wahr wäre, dann müßtest du jene Verse, in welchen du deinen Zustand geschildert, in anderer Absicht verfaßt haben." Und wie ich über diese Worte sann, da fühlte ich mich fast beschämt und beurlaubte mich von ihnen, und im Gehen sprach ich zu mir selbst: "Wenn solch eine Seligkeit in den Worten liegt, die meine Herrin preisen, warum habe ich von anderem geredet?" Und darum nahm ich mir vor, zum Stoffe meiner Worte immer nur das zu nehmen, was zum Preise jener Lieblichsten gehörte; doch als ich mehr darüber dachte, da schien mir, als hätte ich mir eine zu hohe Aufgabe gestellt, so daß ich nicht daran zu gehen wagte. Und so verweilte ich mehrere Tage mit dem Wunsche zu sprechen und der Furcht zu beginnen.

XIX.

Da geschah es, daß ich auf einem Pfade ging, den ein Bach mit gar klaren Wellen entlang floß, und da ergriff mich solch eine Lust, das auszusprechen, was ich empfand, daß ich darüber zu sinnen begann, welche Weise ich dabei halten sollte; und ich dachte, daß es sich nicht wohl geziemen möchte, von ihr zu sprechen, es wäre denn, daß ich meine Worte an Frauen und in der zweiten Person richtete; und auch das nicht an jede Frau, sondern nur an diejenigen, welche edler Art sind und nicht nur Weiber sind. Und da kann ich sagen, daß meine Zunge wie von selbst bewegt zu sprechen begann und sagte: *O Frauen, die ihr wißt, was Liebe sei.* Und diese Worte bewahrte ich in meinem Geiste mit großer Freude und gedachte sie als Anfang meines Gedichtes zu verwenden. Und als ich dann zurück in die erwähnte Stadt gekommen war und einige Tage lang nachgedacht hatte, begann ich eine Canzone mit jenem Anfang, die in solcher Weise angeordnet ist, wie man unten bei ihrer Einteilung sehen wird. Die Canzone beginnt: *O Frauen, die ihr wißt.*

O Frauen, die ihr wißt, was Liebe sei,
Ich will mit euch von meiner Frauen sprechen,
Nicht daß ich würdig sie zu loben wüßte,
Ich singe nur, der Seele Bann zu brechen.
Allein, sobald ich an sie denken soll,
Wird meine Brust so süßer Liebe voll,
Daß, wäre nicht sogleich mein Mut vorbei,
Ich alle Welt für sie entflammen müßte.
Drum soll nicht allzu laut mein Sang erklingen –
Ihr lachtet sonst, wenn ich verstummt aus Scheu –,
Nur leis' und leicht will ich und ehrfurchtsvoll
Vor euch von ihrem süßen Wesen singen,
Euch liebeskund'gen Mädchen will und Frauen,
Was andre nicht bekümmert, ich vertrauen.

Ein Engel ruft im höchsten Geist der Sphären:
"O Herr, es wandelt unten auf der Erde,
Ein Wunder von so lieblicher Gebärde,
Von solchem Glanz der allerreinsten Seele,
Daß sie den Himmel selber muß verklären.
Es hat das Paradies nicht andre Fehle."

Da fordern alle Heil'gen sie im Rund,
Und nur die Gnade spricht für uns hienieden.
Und Gott spricht selbst und tut den Himmeln kund:
"Geliebte, duldet eine Zeit in Frieden,
Daß eure Hoffnung wandl' in Erdentagen,
Da einer bangend lebt, der einst wird sagen
Zu den Verdammten in der Hölle Grauen,
Daß er der Sel'gen Hoffnung durfte schauen."

Ja, man verlangt sie in den sel'gen Reichen,
Nun will ich euch von ihrer Tugend sagen.
Ich sage, die da lieblich will erscheinen,
Die geh' mit ihr und suche ihr zu gleichen;
Denn wo sie wandelt, fährt ein Liebeswehen,
Und jedes sünd'ge Herz muß sich versteinen;
Doch wer's vermöchte, ihrem Blick zu stehen,
Wird edel oder stirbt in sel'gem Grauen.
Und trifft sie einen, würdig sie zu schauen,
Der fühlet ihres Wesens Wunderkraft,
Ihm widerfährt, was ew'ges Heil ihm schafft:
Voll Demut weiß er keines Leids zu klagen.
Doch größte Gnade hat ihr Gott gegeben:
Wer zu ihr sprach, kann nicht in Sünden leben.

Die Liebe selber sagt: "Wie mag's geschehen?
Ein sterblich Wesen, das so schön und rein?"

Sie sieht nach ihr und muß sich selbst gestehen:
Es ließ uns Gott hier völlig Neues sehen.
Die Farbe gleicht der Perle sanftem Schein,
So wie es Frauen schmückt, nicht allzusehr;
Schön schuf Natur sie, so wie keine mehr,
An ihr bewährt sich Schönheit im Vergleiche;.
Aus ihren Augen, blickt sie nach uns her,
Entfliegen Liebesgeister, flammengleiche,
Die blitzend ringsum alle Augen zünden,
Und jeder weiß das tiefste Herz zu finden;
Die Liebe weilt im Lächeln meiner Frauen,
Darum kann keiner ihr ins Antlitz schauen.

Ich weiß, mein Lied, es tönet deine Weise
Vor Fraun genug, wenn du von mir geflogen;
Nun mahn' ich dich, nachdem ich dich erzogen
Als Amors anmutreiches Töchterlein:
Wohin du auch gelangst, dort bitte fein:
"O weiset mir den Weg, ich bin geschickt
Zu jener, deren Preis mich so geschmückt."
Und soll nicht eitel werden deine Reise,
Dann bleib du nicht beim Volke, das gemein,
Nein, sieh vielmehr, daß dich nicht andre schauen
Denn edle Herrn und liebenswürd'ge Frauen;
Dort findest du wohl, wer den Weg dir weise,

Auch Amor wird bei solchen nicht leicht fehlen,
Und allen sollst du zierlich mich empfehlen.

Diese Canzone werde ich, damit sie besser verstanden werde, kunstreicher einteilen als die andern Sächlein vorher, und darum mache ich zunächst drei Teile daraus. Der erste Teil ist ein Proömium für die folgenden Worte; der zweite ist der behandelte Gegenstand; der dritte ist gleichsam eine Dienerin für die vorhergehenden Worte. Der zweite beginnt bei:*Ein Engel ruft*; der dritte bei: *Ich weiß, mein Lied*. Der erste Teil ist in vier Teile geteilt: im ersten sage ich, zu wem ich von meiner Frauen sprechen will und warum ich es will; im zweiten sage ich, wie es mir selber vorkommt, wenn ich an ihren Wert denke, und wie ich reden würde, wenn ich nicht den Mut verlöre; im dritten sage ich, wie ich von ihr zu sprechen gedenke, um nicht aus Feigheit verstummen zu müssen; im vierten sage ich nochmals, zu wem ich zu reden gedenke, und auch den Grund, warum ich zu ihnen rede. Der zweite beginnt bei: *Allein sobald ich;* der dritte bei: *Drum soll nicht allzu laut*; der vierte bei: *Euch liebeskund'gen Mädchen*. Dann, wenn ich sage: *Ein Engel ruft*, beginne ich von jenem Weibe zu reden, und es zerfällt dieser Teil in zwei.

Im ersten sage ich, was im Himmel von ihr gedacht wird, im zweiten, was auf Erden von ihr gedacht wird, bei der Stelle: *Ja, man verlangt sie*. Dieser zweite Teil zerfällt wieder in zwei: und im ersten spreche ich von ihr mit Bezug auf den Adel ihrer Seele, indem ich einige wundersame Wirkungen aufzähle, die von ihrer Seele ausgehen; im zweiten spreche ich von ihr mit Bezug auf den Adel ihres Leibes, indem ich einige ihrer Schönheiten aufzähle, bei der Stelle: *Die Liebe selber sagt*. Dieser zweite Teil zerfällt in zwei, denn im ersten spreche ich von einigen Schönheiten, die der ganzen Gestalt angehören, in dem zweiten spreche ich von einigen Schönheiten, die einem bestimmten Teile der Gestalt angehören, bei der Stelle: *Aus ihren Augen*.

Dieser zweite Teil zerfällt in zwei: denn in dem einen spreche ich von den Augen, die der Ursprung der Liebe sind, in dem zweiten spreche ich vom Munde, der das Endziel der Liebe ist. Und damit hier jeder lasterhafte Gedanke sich hebe, erinnere sich der Leser an das, was oben über den Gruß jenes Weibes gesagt ist, der die Wirkung ihres Mundes und das Ziel meiner Wünsche war, solange ich ihn erhalten konnte. Dann, wenn ich sage: *Ich weiß, mein Lied*, füge ich eine Strophe gleichsam als Magd der anderen hinzu, in welcher ich sage, was ich von dieser meiner Canzone begehre. Und weil dieser letzte Teil leicht zu verstehen ist, mühe ich mich nicht mit weiteren Einteilungen. Ich sage wohl, daß, um das Verständnis dieser Canzone noch mehr zu eröffnen, man noch feinere Einteilungen gebrauchen könnte, aber immerhin, wenn einer nicht so viel Geist besitzt, daß er sie durch die, die hier angegeben sind, verstehen kann, so ist es mir nicht unlieb, wenn er mir sie ganz stehen läßt; denn, sicherlich, ich fürchte, schon durch die angegebenen Einteilungen allzu vielen ihren Sinn mitgeteilt zu haben, wenn es möglich wäre, daß viele sie vernehmen könnten.

XX.

Als diese Canzone einigermaßen bekanntgeworden war, da kam auch einer meiner Freunde, der sie gehört haben mochte, und bat mich, daß ich ihm sagen sollte, was denn die Liebe sei, da er aus den Worten, die er gehört, vielleicht mehr von mir erwarten mochte, als ich verdiente. Und ich, der ich dachte, daß, nachdem ich jenen Stoff behandelt, es ganz schön sein könnte, ein wenig über die Liebe zu sprechen, und auch bedachte, daß ich dem Freunde gern zu Diensten wäre, beschloß Worte zu dichten, in welchen ich von der Liebe redete, und darauf verfaßte ich dies Sonett, das beginnt: *Lieb' und ein edles Herz.*

Lieb' und ein edles Herz sind eines ganz.
Es sagt's der Weise, wie ich es erzähle,
So wenig wie ein Mensch ist ohne Seele,
So kann nicht eins ohne das andre sein.
Es legt Natur in solcher Herzen Schrein
Amor als Herrn, der drin schlafend ruht,
Bald kurze Zeit, bald lang' in stiller Glut,
Bis ihn erweckt der Frauenschönheit Glanz.

Wenn wir ein schön und züchtig Weib erschauen
Und edle Reize unsern Augen lachen,
Da wird ein süßer Wunsch im Herzen rege,
Verdoppelt pochen seine raschen Schläge,
Und aus dem Schlafe muß die Lieb' erwachen.
Und so wirkt wohl ein tüchtiger Mann bei Frauen.

Dieses Sonett ist in zwei Teile geteilt: im ersten spreche ich von der Liebe, insofern sie dem Vermögen nach besteht; im zweiten spreche ich von ihr, insofern sie vom Vermögen zur Wirksamkeit übergeht. Der zweite Teil beginnt bei: *Wenn wir ein.* Der erste Teil zerfällt wieder in zwei: im ersten sage ich, bei welchem Gegenstande sich solches Vermögen befinde; im zweiten sage ich, wie dieser Gegenstand und dieses Vermögen zusammen zum Dasein gebracht werden und daß das eine sich zum andern verhält wie die Form zum Stoffe. Der zweite Teil beginnt bei: *Es legt Natur*. Dann, wenn ich sage: *Wenn wir ein*, dann sage ich, wie dieses Vermögen in Wirkung tritt, und zwar zuerst, wie dies beim Manne geschieht, und dann, wie es bei einem Weibe geschieht, und zwar bei: *Und so wirkt*.

XXI.

Nachdem ich in solchen Versen von der Liebe gesprochen, da faßte mich die Lust, auch zum Lobe jener Lieblichsten einige Worte zu sagen, in welchen ich zeigen wollte, wie diese Liebe durch sie erweckt wird und wie sie dieselbe nicht nur dort erweckt, wo sie schlummert, sondern auch dort, wo die Anlage dazu gar nicht vorhanden ist, durch wundersame Wirkung sie dennoch entstehen macht. Und so schrieb ich dies Sonett, das beginnt: *Die Liebe wohnt*.

Die Liebe wohnt im Auge meiner Frauen,
Und lieblich wird, was immer sie erblickt,
Es neigen sich vor ihr all, die sie schauen,
Und wen sie grüßt, steht zitternd und beglückt.
Er senkt das Haupt, sein Antlitz muß erbleichen,
Nur Fehler wird er seufzend an sich finden;
Vor ihr muß aller Zorn und Hochmut weichen.
O helft mir, Frauen, ihr den Kranz zu winden!

Wer ihrer Rede lauschet, dem erglüht
Das Herz in Wonne und in froher Demut,
Glückselig, wer zum ersten Mal sie sieht!
Doch lächelt sie in Frohsinn oder Wehmut,
Das läßt sich schildern nicht und nicht vergleichen,
Es ist ein neu und lieblich Wunderzeichen!

Dieses Sonett hat drei Teile: im ersten Teile sage ich, wie diese Dame dies Vermögen zur Wirksamkeit bringt durch jenen edelsten Teil ihrer Person, der ihre Augen sind; und im dritten sage ich das gleiche, wie sie es durch jenen andern edelsten Teil, ihren Mund, bewirkt. Und zwischen diesen beiden Teilen liegt ein Teilchen, das gleichsam den vorausgehenden Teil sowie den folgenden um Hilfe anfleht und das bei: *O helft mir* beginnt. Der dritte Teil beginnt bei:*Wer ihrer Rede*. Der erste Teil zerfällt in drei; und zwar sage ich im ersten, wie sie tugendsamerweise alles lieblich macht, was sie erblickt; und das heißt so viel sagen, als daß sie die Liebe dem Vermögen nach dorthin bringt, wo sie nicht war.

Im zweiten sage ich, wie sie die Liebe im Herzen aller wirken macht, die sie erblickt. Im dritten sage ich, was sie dann tugendsamerweise in ihren Herzen wirkt. Der zweite beginnt bei: *Es neigen sich*; der dritte bei: *Und wenn sie grüßt*. Wenn ich nachher sage: *O helft mir Frauen*, gebe ich zu verstehen, zu wem zu sprechen meine Absicht ist, da ich die Frauen anrufe, daß sie mir helfen mögen, jene zu ehren. Dann, wenn ich sage: *Wer ihrer Rede*, dann sage ich das gleiche, was schon im ersten Teile gesagt ist, jedoch gemäß zweien Wirkungen ihres Mundes; von denen die eine ihre süßeste Rede ist und die andere ihr wunderbares Lächeln; nur daß ich nicht sage, wie dieses letztere in den Herzen der anderen wirkt, weil die Erinnerung weder dies Lächeln selbst noch seine Wirkung behalten kann.

XXII.

Es waren noch nicht viele Tage hiernach verflossen, als, nach dem Willen des hochgelobten Herrn, der auch sich selber den Tod nicht ersparte, derjenige, der der Erzeuger solchen Wunders war, als das diese herrlichste Beatrice sich erwies, aus diesem Leben scheiden mußte und wahrhaftig zur ewigen Seligkeit einging. Und wie nun schon ein solches Scheiden schmerzlich für diejenigen ist, die hier zurückbleiben und dem Dahingegangenen befreundet waren, und da es keine andere so nahe Freundschaft gibt wie jene, die einen guten Vater mit einem guten Kinde und ein gutes Kind mit einem guten Vater verbindet, und da so wie meine Herrin im höchsten Maße, so auch ihr Vater, wie es wenigstens viele glauben und es auch wahr ist, in hohem Grade gut war, so muß allen begreiflich sein, daß dieses Weib vom bittersten Schmerze erfüllt war. Und da nach dem Gebrauch der obgenannten Stadt zu solcher Trauer sich Frauen mit Frauen und Männer mit Männern vereinen, so versammelten sich gar viele Frauen dort, wo jene Beatrice so bitterlich und liebend weinte. Und ich sah einige dieser Frauen von ihr zurückkommen und hörte sie von jener Lieblichsten und von ihrerWehklage manches Wort sprechen. Und da vernahm ich, wie sie sagten: "Gewiß, sie weinet so sehr, daß, wer sie sähe, vor Mitleid sterben zu müssen glaubte."

Damit gingen die Frauen vorüber, und ich blieb in solchem Leide zurück, daß manche Träne meine Wange netzte, so daß ich mich verbarg, indem ich öfters die Hand vor die Augen hielt. Und wenn ich nicht noch mehr von ihr zu hören erwartet hätte – denn ich befand mich an einer Stelle, an welcher der größte Teil der Frauen, die von ihr fortgingen, vorüberkommen mußte –, hätte ich mich sogleich verborgen, da die Tränen mich überwältigt hatten. Daher blieb ich an dem gleichen Ort, und es kamen auch noch mehr Frauen an mir vorbei, und sie redeten, da sie vorübergingen, untereinander folgende Worte: "Wer von uns soll je wieder froh werden, nachdem wir jenes Weib so erbarmenswürdig reden gehört?" Und nach diesen kamen andere vorüber und sprachen: "Der, der da steht, weint nicht mehr noch weniger, als wenn er sie gesehen hätte, wie wir sie sahen." Andere wieder sagten von mir: "Sieh doch den an, der scheint gar nicht er selbst zu sein, so sieht er aus!" Und so hörte ich, da die Frauen vorübergingen, Worte über sie und über mich in der Weise, wie es erzählt ist. Und später, als ich dies überdachte, nahm ich mir vor, Verse zu verfassen, da ich ja wohl würdigen Grund dazu hatte, in denen all das enthalten sein sollte, was ich von den Frauen gehört. Und da ich sie gern befragt hätte, wenn ich mich nicht vor Tadel gescheut hätte, so faßte ich den Stoff so, als ob ich sie befragt und sie mir erwidert hätten. Und ich verfaßte zwei Sonette; in dem ersten derselben frage ich in der Weise, wie ich gerne hätte fragen wollen, im zweiten sage ich ihre Antwort, indem ich das, was ich von ihnen gehört, so verwende, als ob sie es mir zur Antwort gesagt hätten. Und ich begann das erste mit den Worten: *Ihr, die ihr mit gebeugtem Antlitz gehet* und das zweite: *Bist du auch der, der schon so oft gesungen.*

Ihr, die ihr mit gebeugtem Antlitz gehet,
Aus bitterm Schmerz die Augen niederschlaget.
Wo kommt ihr her, daß, trauervolle Schönen,
Des Mitleids Farbe euch im Antlitz stehet?
Habt unsre teure Herrin ihr gesehen,
Die Amor badet in dem Naß der Tränen?
Sagt mir's, ihr Frauen, da 's mein Herz mir saget,
Seh' ich euch in so ernster Weise gehen.

Und wenn ihr wirklich kommt von solchem Wehe
O dann verweilet noch und stillt mein Sehnen,
Verhehlet mir nicht, wie es ihr ergehe,
Denn eure Augen schimmern wie von Tränen,
Und so verstört und blaß seh' ich euch gehen,
Daß mir das Herz erzittert, es zu sehen.

Dieses Sonett teilt sich in zwei Teile: im ersten rufe ich jene Frauen an und frage sie, ob sie von ihr kommen, und sage ihnen, daß ich es wohl glaube, weil sie gleichsam lieblicher geworden zurückkehren. Im zweiten bitte ich sie, daß sie mir von ihr sprechen mögen; und der zweite Teil beginnt bei: *Und wenn ihr wirklich*.

Hier folgt das andere Sonett, wie wir vorher berichtet haben.

Bist du auch der, der schon so oft gesungen
Von unsrer Freundin, uns von ihr erzählte?
Wohl ist die Stimme seiner gleich geklungen,

Doch das Gesicht will uns ein fremdes scheinen!
O, warum mußt denn du so bitter weinen,
Daß andere von Mitleid drob bezwungen?
Sahst du sie selber weinen, die Gequälte,
Daß dir dein Leid zu bergen nicht gelungen?

Laß uns das Weinen, uns laß traurig gehen,
Du hilfst uns nimmer unsern Kummer tragen.
Wir haben ja sie selber hören klagen,
Wir mußten ihr ins blasse Antlitz sehen!
Ach, die in ihren Zügen konnte lesen,
Die war' am liebsten selber tot gewesen!

Dieses Sonett hat vier Teile, demgemäß, daß die Frauen, für die ich antworte, vierfache Weise zu reden hatten. Und weil diese oben hinreichend klargelegt sind, so verweile ich nicht dabei, den Sinn der einzelnen Teile zu berichten, sondern will sie nur unterscheiden. Der zweite Teil beginnt bei: *O warum mußt*; der dritte: *Laß uns das Weinen*; der vierte:*Wir mußten ihr.*

XXIII.

Wenige Tage hiernach geschah es, daß mich in einem Teile meiner Person eine schmerzliche Krankheit befiel, von der ich neun Tage hindurch gar bittere Pein erdulden mußte und die mich zu solcher Schwäche brachte, daß ich mich gleich denen befand, welche sich nicht bewegen können. Ich sage nun, daß ich am neunten Tage, als ich ganz unerträgliche Schmerzen fühlte, plötzlich an meine Herrin denken mußte. Und als ich eine Weile an sie gedacht, da kehrten meine Gedanken wieder zu meinem ärmlichen Lebensrestchen zurück, und da ich sah, von wie ungewisser Dauer das Leben sei, selbst wenn ich gesund gewesen wäre, da begann ich bei mir selber über soviel Elend zu weinen. Und schwer seufzend sprach ich zu mir selber: "Es ist ja ganz unvermeidlich, daß auch die holdseligste Beatrice einmal sterben muß." Und da ergriff mich eine so heftige Wirrnis, daß ich die Augen schloß und es in mir zu toben begann, wie wohl ein Mensch im Fieberwahnsinn tut, und daß ich Wahnbilder schaute, in der Art, daß mir zunächst, da meine Phantasie in die Irre zu schweifen anfing, Gesichter von Frauen mit verwirrtem Haar erschienen, die also zu mir sprachen: "Auch du wirst sterben!" Und dann, nach diesen Frauen erschienen mir andere Gesichter, gar seltsam und schauerlich anzusehen, die zu mir sprachen: "Du bist tot." Und wie meine Phantasie so ins Irre zu schweifen begann, kam es so weit, daß ich nicht mehr wußte, wo ich mich befand, und es schien mir, als sähe ich weinende Frauen des Weges kommen, mit verwirrtem Haar und in solcher Trauer, daß es ganz wundersam war.

Und es schien mir, als sähe ich die Sonne sich verfinstern, so daß die Sterne erschienen und in einer Farbe, aus der ich schloß, daß sie weinten, und es war mir, als ob die Vögel im Fluge tot zur Erde fielen und gewaltige Erdbeben wären. Und da ich mich in solchen Phantasien verwunderte und heftig bebte, da wähnte ich einen Freund zu sehen, der auf mich zukam und sagte: "Ja, weißt du denn nicht? deine wunderbare Herrin ist aus diesem Leben geschieden!" Da begann ich gar schmerzlich zu weinen, und zwar weinte ich nicht nur in meiner Einbildung, sondern ich weinte wirklich mit den Augen und badete sie mit wahren Tränen. Und ich wähnte in meinem Fiebertraum zum Himmel emporzuschauen, und mir war, als sähe ich eine große Menge von Engeln, die emporflogen und denen ein glänzend weißes Nebelwölkchen voranschwebte. Und es war mir, als ob diese Engel gar herrlich sängen, und die Worte ihres Gesanges schienen mir zu sein *Hosanna in der Höhe*, und anderes vermochte ich nicht zu hören. Da war mir, als ob das Herz, in dem soviel Liebe war, zu mir spräche: "Es ist wahr, unsere Herrin liegt tot." Und darauf, so schien mir, ging ich aus, um den Leib zu sehen, der jene hohe und gepriesene Seele beherbergt hatte. Und so stark war die trügerische Phantasie, daß sie mir wirklich die Herrin tot zeigte, und es schien mir, als ob Frauen ihr das Haupt mit einem weißen Schleier bedeckten, und ihr Antlitz schien einen Ausdruck solch demütiger Ergebung zu tragen, daß es zu sagen schien: "Ich gehe in das Reich des Friedens ein."

Da ergriff mich im Traume solch ein Demutverlangen, sie zu schauen, daß ich den Tod rief und sagte: "O süßester Tod, komm zu mir und sei nicht grausam gegen mich, du mußt ja jetzt hold sein, da du von solchem Wesen kommst! Nun, komm zu mir, denn mich verlangt sehr nach dir; du siehst, daß ich schon deine Farbe trage." Und als ich all die traurigen Pflichten vollenden gesehen, die man an den Leibern der Toten vorzunehmen pflegt, glaubte ich in meine Kammer zurückzukehren, und hier meinte ich zum Himmel emporzusehen, und so heftig war meine Einbildung, daß ich weinend mit wirklicher Stimme zu sagen begann: "O schöne Seele, wie selig ist, wer dich schaut!" Und da ich diese Worte mit schmerzlichem Schluchzen und Weinen aussprach und den Tod rief, daß er doch zu mir komme, da glaubte ein junges und liebliches Weib, das an meinem Bette saß, daß mein Weinen und meine Worte

Wehklage seien, die mir der Schmerz meiner Krankheit erpreßte, und sie begann gar erschrocken zu weinen. Und davon bemerkten auch andere Frauen, die im Zimmer waren, daß ich weinte, da sie die andere weinen sahen. Da hießen sie jene, die durch die allernächsten Bande des Blutes mit mir verwandt war, von mir gehen und kamen auf mich zu, um mich zu erwecken, denn sie glaubten, daß ich träumte, und sagten zu mir: "Schlafe nicht mehr" und: "Verliere nicht so den Mut!"

Und da sie so zu mir sprachen, hörte das heftige Phantasieren auf, gerade in dem Augenblicke, da ich sagen wollte: "O Beatrice, gesegnet seist du!" Und ich hatte schon gesagt: "O Beatrice ...", als ich mich schüttelte, die Augen aufschlug und sah, daß das Ganze ein Trugbild gewesen, und obgleich ich jenen Namen ausgerufen hatte, war meine Stimme doch vom Weinen so gebrochen gewesen, daß jene Frauen, wie mir scheint, mich nicht hatten verstehen können. Und obgleich ich mich sehr schämte, wandte ich mich doch infolge irgendeiner Eingebung der Liebe zu ihnen. Und als sie mich sahen, begannen sie zu sprechen: "Der sieht aus wie tot!" und sie redeten untereinander: "Versuchen wir doch, ihn zu trösten." Nun sagten sie mir gar viel, um mich zu trösten, und fragten mich auch wohl, wovor ich denn solche Angst empfunden hätte. Und ich, da ich mich indessen ein wenig erholt und die trügerische Einbildung erkannt hatte, erwiderte ihnen: "Ich werde euch sagen, was mir war." Und nun begann ich von Anfang an und erzählte ihnen bis zum Ende, was ich geschaut, nur den Namen jener Allerlieblichsten verschwieg ich. Und nachher, als ich von der Krankheit genesen, beschloß ich, in Verse zu fassen, was mir geschehen, denn es schien mir ein Gegenstand der Liebe zu sagen und zu hören, und so verfaßte ich davon die Canzone, die beginnt: *Ein Mägdlein jugendlich und mitleidsvoll* und angeordnet ist, wie die unten folgende Einteilung klarmacht.

Ein Mägdlein jugendlich und mitleidsvoll,
Mit manchem Reiz der Lieblichkeit geschmückt,
Saß dort, wo oft ich nach dem Tod verlangte.
Sie sah, wie mir im Aug' die Träne schwoll,
Und meine Worte klangen sinnverrückt,
Da weinte sie gar heftig, weil ihr bangte;
Und andre Frauen, die, vom Angesicht
Der Weinenden erschreckt, nach mir gesehen,
Hießen sie von dannen gehen
Und kamen auf mich zu, um mich zu wecken.
Die eine sagte: "Schlafe nicht!"
Die andre: "Was versetzt dich so in Schrecken?"
Da wich von mir der Wahngebilde Grauen,
Grad als ich rief den Namen meiner Frauen.

Doch meine Stimme war so leiderfüllt,
Von Angst und Tränen war sie so gebrochen,
Daß kaum ich selbst den Namen konnte hören;
Und das Gesicht von heißer Scham umhüllt,
Und unter meines Herzens wildem Pochen
Hieß mich die Liebe, mich zu ihnen kehren.
Mir war der Wangen Farbe so erblichen;

Sie alle mußten sich zu Tod erbarmen:
"Ach, trösten wir den Armen!"
So hört ich eine zu der andern sagen;
Und alle täten fragen:
"Was sahst du, daß dir alle Kraft entwichen?"
Und als erholt ich von des Fiebers Jagen,
Da sprach ich: "Nun, ihr Fraun, ich will's euch sagen.

Ich lag und dachte unter bittern Schmerzen,
Wie ungewiß das Leben sei dem Kranken,
Da weinte Amor tief in meinem Herzen,
Und meine Seele war so gramzerrissen,
Daß ich mir seufzend sagte in Gedanken:
Wohl wird auch meine Herrin sterben müssen.
Da fiel ich in so bange heft'ge Wirren,
Und meine Augen schlössen sich mir schwer,
In seltsamen Gefilden
All meine Sinne fingen an zu irren.
Ich sah in Wahngebilden
Viel leiderfüllte Frauen um mich her;
Der Frauen Züge täten sich entfärben,
Sie sagten mir: ›Auch du, auch du wirst sterben!‹

Und ungewisse Dinge mußt' ich schauen
In diesem Fieberwahn, der mich umfangen,
Durch unbekannte Strecken hingegangen,

Mit aufgelösten Haaren sah ich Frauen:
Die eine weinte, andere klagten wild,
Daß jede Brust ward heißen Wehs erfüllt.
Und mählich sah die Sonn' ich finster werden,
Die Sterne zogen auf mit blassem Scheinen,
Und alle sah ich weinen;
Im Flug die Vögel fielen tot zur Erden,
Das Land begann zu beben;
Und einen sah ich blaß das Antlitz heben,
Der heiser sprach: ›Kam dir noch nicht zu wissen,
Daß deine Herrin dir der Tod entrissen?‹

Als die verweinten Augen ich erhoben,
Da sah ich, wie des Himmelsregens Manna,
Die Engel fliegen und ein Wölklein tragen,
Mit dem sie schwebten still zum Blau hoch oben,
Und auf zur Wolke riefen sie Hosanna!
Wenn andres sie gesagt, ich würd's euch sagen.
Und Amor sprach: ›Nun muß ich dir's gestehen,
Die Herrin starb, komm mit mir, sie zu schauen.‹
Und ich, vom Wahn entrückt,
Ging hin, die süße Tote anzusehen.
Und als ich sie erblickt,
Da deckten mit dem Schleier sie die Frauen.

So süße Demut lag auf ihr hienieden,
Daß sie zu sagen schien: ›Ich bin in Frieden.‹

In Demut wandelte sich da mein Schmerz,
Als ich sie selbst geschaut in solcher Demut.
›Wie süß bist du, o Tod‹, rief ich voll Wehmut,
›Du mußt von nun gar hold und lieblich sein,
Da du gewesen bei der Herrin mein,
Und mitleidsvoll, nicht hart ist wohl dein Herz!
Du siehst, so sehnsuchtsvoll begehr' ich dein,
Daß meine Farbe dir bereits vertraut,
Komm, dein verlangt mein Herz!‹
Dann ging ich fort, verschwunden war mein Schmerz.
Und so wie ich allein:
›O schöne Seele, selig wer dich schaut!‹
Rief ich empor mit bebendem Gemüte,
Da habt ihr mich geweckt – dank eurer Güte!"

Diese Canzone hat zwei Teile: im ersten sage ich, indem ich zu keiner bestimmten Person spreche, wie ich von gewissen Frauen aus einem leeren Wahnbilde erweckt wurde und wie ich ihnen versprach, dasselbige ihnen zu erzählen; im zweiten sage ich, wie ich ihnen nun solches erzählte. Der zweite beginnt bei: *Ich lag und dachte*. Der erste Teil ist in zweie geteilt: im ersten sage ich, was gewisse Frauen und was eine von ihnen infolge meiner Trugerscheinungen sagte und tat, und zwar bevor ich zur wahren Erkenntnis zurückgekehrt war; im zweiten sage ich, was diese Frauen zu mir sagten, nachdem mich diese Wirrnis verlassen, und der beginnt bei: *Doch meine Stimme*. Dann, wenn ich sage: *Ich lag und dachte*, sage ich, wie ich ihnen diese meine Einbildung berichtete; und dessen mache ich zwei Teile. Im ersten erzähle ich ihnen jene Einbildung der Reihe nach, wie sie gewesen war; im zweiten sage ich, zu welcher Stunde sie mich riefen, und zum Schlüsse danke ich ihnen; und dieser Teil beginnt bei: *Da habt ihr mich*.

XXIV.

Nach dieser Trugerscheinung geschah es eines Tages, daß ich nachdenklich irgendwo saß und plötzlich ein Zittern im Herzen anheben fühlte, als ob ich vor jenem Weibe stünde. Und da, sage ich, schaute ich Amor in meinem Geiste, und zwar schien mir, als sähe ich ihn aus jener Richtung kommen, in welcher meine Herrin sich befand, und es war mir, als ob er fröhlich zu mir spräche in meinem Herzen: "Denke daran, den Tag zu segnen, an dem ich dich ergriffen, denn das geziemt dir zu tun." Und sicherlich wurde mir so fröhlich ums Herz, daß mir schien, als wäre es nicht mein eigenes Herz, so neu war sein Zustand. Und bald nach diesen Worten, die mir mein Herz in der Sprache der Liebe sagte, sah ich ein gar liebliches Weib auf mich zukommen, das von berühmter Schönheit und schon seit langem die Herrin jenes ersten meiner Freunde war.

Und der Name jenes Weibes war Giovanna, nur daß infolge ihrer Schönheit – wie einer da glaubet – ihr der Name ›Frühling‹ war gegeben worden, und so wurde sie auch genannt. Und nach ihr sah ich, ausschauend, die wunderbare Beatrice kommen. So kamen diese Frauen auf mich zugegangen, die eine nach der anderen, und es schien mir, als ob die Liebe wieder in meinem

Herzen spräche und sagte: "Die erste heißt nur darum Frühling, weil sie heute hierhergekommen; ich bewog den, der ihr den Namen gab, sie Frühling zu nennen, weil sie wie der Frühling vor dem Sommer kommen wird am Tage, an dem Beatrice zum ersten Mal sich zeigen wird, nach dem Wahnbild, das ihr Getreuer schaute. Und wenn du genauer betrachten willst, so bedeutet auch ihr erster Name nichts anderes als Frühling, weil ihr Name Giovanna von jenem Johannes herkommt, der dem wahren Lichte vorausgegangen und gesagt: *Ich bin die Stimme eines Predigers in der Wüste: Bereitet dem Herrn den Weg!"* Und es war mir auch, als ob er mir nach diesen noch andere Worte sagte, und zwar: "Wer ganz genau zusehen wollte, der würde jene Beatrice Liebe nennen, wegen der vielen Ähnlichkeit, die sie mit mir hat." Und als ich später über all dies sann, da gedachte ich in Reimen an den ersten meiner Freunde zu schreiben (wobei ich jedoch gewisse Worte verschweigen wollte, die zu verschweigen mir nötig deuchte), insbesondere da ich glaubte, daß sein Herz noch von der Schönheit jenes lieblichen Frühlings erfüllt sei. Und ich verfaßte das Sonett, das beginnt: *In meinem Herzen.*

In meinem Herzen fühlte ich erwachen
Ein Liebesgeisterchen, das drin geruht,
Und Amor selber sah ich nahn und lachen,
Kaum kannt' ich ihn, er schien so frohgemut.
Er sprach zu mir: "Du sollst mir Ehre machen."
Und jedes Wort von ihm war heitre Glut.

Er war nur kurz bei mir, da naht' ein Nachen,
Den ich heranziehn sah mit sel'gem Mut.

Und Vanna sah ich drin und Bice kommen,
Zwei holde Wunder schienen mir die hehren,
Und beide hatten mich gar bald erreicht;
Und wenn mir die Erinn'rung nicht benommen,
Sprach Amor: "Sieh den Frühling: Primaveren;
Und die heißt Liebe, weil sie mir so gleicht!"

Dieses Sonett umschließt viele Teile, von denen der erste besagt, wie ich in meinem Herzen das gewohnte Zittern erwachen fühlte und wie es mir däuchte, daß der Liebesgott mir fröhlich in meinem Herzen aus weiter Ferne erschiene; der zweite sagt, was er im Herzen zu mir zu sprechen schien und wie er mir erschien; der dritte sagt, wie, nachdem jener solchergestalt eine Weile bei mir gewesen, ich gewisse Dinge sah und hörte. Der zweite Teil beginnt bei: *Er sprach zu mir;* der dritte bei: *Er war nur.* Der dritte Teil zerfällt in zwei: im ersten sage ich, was ich sah; und im zweiten sage ich, was ich hörte, und er beginnt bei: *Sprach Amor.*

XXV.

Hier könnte wohl der oder jener Bedenken hegen, der würdig wäre, daß man ihm jedes Bedenken aufkläre; und zwar könnte er darüber Bedenken hegen, daß ich von der Liebe spreche, als ob sie eine Sache für sich wäre, und zwar nicht nur eine geistige Substanz, sondern als wäre sie Substanz. Was, der Wahrheit nach, sicherlich falsch ist. Denn die Liebe besteht nicht als eine selbständige Substanz, sondern ist nur ein Akzidens einer Substanz. Und daß ich von ihr spreche, als ob sie Substanz wäre, ja sogar, als ob sie ein Mensch wäre, das zeigt sich aus drei Dingen, die ich von ihr sage. Ich sage, daß ich sie von ferne kommen sah, woraus, da nun ja doch Kommen eine örtliche Bewegung bedeutet (und im Raume beweglich nach des Philosophen Lehre nur ein Körper ist), hervorzugehen scheint, daß ich die Liebe als körperlich annehme.

Ich sage weiter von ihr, daß sie lachte, und weiter, daß sie sprach; welche Dinge nur dem Menschen eigentümlich scheinen, insbesondere das Lachenkönnen; und daher scheint es, als ob ich sie als menschliches Wesen annähme. Um solches aufzuklären, soweit es für den Augenblick gut ist, wäre zunächst in Betracht zu ziehen, daß es in alter Zeit keine Liebesdichter in der Sprache des Volkes gab, sondern Dichter, die von Liebe sangen, waren gewisse Poeten in lateinischer Sprache; bei uns, sage ich; obwohl es vielleicht bei anderem Volke mag vorgekommen sein und noch jetzt vorkommen mag, daß wie in Griechenland nicht Volksdichter, sondern gelehrte Poeten diese Dinge behandelten. Und es ist noch keine große Zahl von Jahren vergangen, seitdem diese Poeten der Volkssprache zuerst erschienen, denn in der Volkssprache in Reimen zu dichten bedeutet genau soviel, als im Lateinischen nach irgendeinem Maße in Versen zu dichten. Und zum Zeichen, daß es erst kurze Zeit her ist, diene, daß wenn wir in der Sprache von *Oc*nachforschen wollten und in der Sprache von *Si*, wir nichts fänden, was mehr als hundertundfünfzig Jahre vor unserer Zeit gedichtet worden. Und der Grund, aus dem einige Stümper den Ruf erwarben, sich auf die Dichtkunst zu verstehen, liegt darin, daß sie so ziemlich die ersten waren, die in der Sprache von *Si* gedichtet. Und der erste, der als ein Poet in der Volkssprache zu dichten begann, der ging daran, weil er seine Worte einem Weibe verständlich machen wollte, dem es schwer gewesen wäre, die lateinischen Verse zu verstehen. Und dies spricht gegen jene, welche über andere Stoffe reimen als über das, was die Liebe angeht; da nun einmal diese Weise zu dichten von Anfang an dafür erfunden worden,um von der Liebe zu singen.

Und da nun den Poeten eine größere Freiheit der Rede gestattet ist als denen, die in Prosa schreiben, und da jene, die in Reimen dichten, nichts anderes sind als Poeten der Volkssprache, so ist es recht und vernünftig, daß auch ihnen eine größere Freiheit der Rede gegönnt werde als den anderen, die sich in der Volkssprache ausdrücken. Wenn daher irgendeine Figur der Rede oder ein rhetorischer Schmuck den Poeten gestattet ist, so sind sie auch den Reimdichtern gestattet. Und wenn wir also sehen, daß die Poeten von den unbeseelten Dingen gesprochen haben, als ob sie Sinn und Vernunft hätten, daß sie sie untereinander sprechen lassen; und nicht nur wahre Dinge, sondern selbst unwahre Dinge, wie sie denn von Dingen, die gar nicht sind, gesagt haben, daß sie sprächen, gesagt, daß viele Akzidenzien sprächen, als ob sie Substanzen und Menschen wären, so ist es auch recht, daß der Dichter, der in Reimen dichtet, das gleiche tue, jedoch nicht ohne Sinn und Zweck, sondern mit irgendeinem Gedanken, den er nachher in Prosa zu enthüllen imstande wäre. Daß die Poeten in der Weise gesprochen, wie eben geschildert worden, das ergibt sich aus Vergil, der da sagt, daß Juno, also eine Göttin, die den Trojanern feindselig war, zu Äolus, dem Beherrscher der Winde, sprach an der Stelle im ersten Buche der Äneide, die lautet: *Äolus, denn dir*, und daß dieser Herrscher ihr an derselben Stelle erwiderte: *Dein, o Königin, was du auch wünschest*.

Bei demselben Dichter spricht auch die unbeseelte Sache zur beseelten im dritten Buche der Äneis, an der Stelle: Harte Dardaner. Bei Lucanus spricht die beseelte Sache zur unbeseelten an der Stelle, die lautet: *Vieles dennoch, o Rom, verdankst du den Bürgerkriegen*. Bei Horatius spricht der Mensch zu seiner eigenen Wissenschaft, gleichsam wie zu einer zweiten Person, und zwar sind es nicht nur des Horatius Worte, sondern er sagt sie gewissermaßen vermittelst des guten Homeros, an der Stelle in seiner Poetika: *Singe mir Muse, den Mann*. Bei Ovidius spricht die Liebe, als ob sie ein menschliches Wesen wäre, zu Anfang des Buches, das den Namen ›Buch vom Heilmittel wider die Liebe‹ führt, an der Stelle: *Kriege werden mir ja, Kriege bereitet, er spricht*.

Und aus alledem kann zur Klarheit kommen, wer hie und da an diesem meinen Büchlein Bedenken nähme. Damit aber kein Stümper aus alledem Verwegenheit schöpfe, sage ich, daß weder die Poeten ohne Sinn und Grund so reden, noch jene, die in Reimen dichten, so reden sollen, wenn sie nicht eines vernünftigen Sinnes und Grundes für das, was sie derart aussprechen, in sich bewußt sind; denn große Schande wäre es für den, der so im Gewande einer Redefigur oder eines rhetorischen Schmucks gereimt hätte und dann, darüber befragt, seine Worte von solchen Gewanden nicht zu entblößen wüßte, derart, daß alle ihren wahrhaften Sinn erkennen müßten. Denn jener, der der erste meiner Freunde ist, und ich, wir wissen gar manchen, der so töricht reimet.

XXVI.

Jenes allerlieblichste Weib, von welchem in den vorhergehenden Worten gesprochen ward, fand solches Wohlgefallen vor allen Menschen, daß, wenn sie durch eine Straße kam, die Leute zusammenliefen, um sie zu sehen; worüber mich eine ganz wundersame Freude und Wonne erfüllte. Und wenn sie einem nahe war, da durchdrang das Herz des Betreffenden solche Ehrbarkeit und Zucht, daß er es nicht wagte, die Augen zu erheben noch ihren Gruß zu erwidern, und dies könnten mir viele bezeugen, die es erfuhren, wenn einer es nicht glauben würde. Sie aber ging mit Demut gekrönt und bekleidet und zeigte keinerlei Hoffart über das, was sie sehen und hören mußte. Da sagten viele, wenn sie vorüber war: "Das ist kein Weib, das ist wahrhaftig einer der schönsten Engel vom Himmel!" Und andere sagten: "EinWunder ist sie; und gepriesen sei der Herr, der so wunderbar zu walten weiß!" Ich sage, daß sie sich so lieblich und so voll der entzückendsten Anmut zeigte, daß jene, die sie sahen, in sich eine so sittsame und sanfte Wonne fühlten, daß sie sie nicht zu schildern wußten; noch gab es einen, der sie hätte ansehen können, ohne daß er sogleich hätte tief aufseufzen müssen. Dies und noch viel Wunderbareres ging von ihr in wunderbarer und tugendlicher Weise aus. Und ich, der darüber des Sinnens voll war und den Stil ihres Lobes wieder aufnehmen wollte, beschloß, Verse zu dichten, in welchen ich ihren wundersamen und herrlichen Einfluß begreiflich machen wollte, damit nicht nur diejenigen, die sie mit Augen sehen konnten, sondern auch die anderen von ihr wüßten, soviel Worte von ihr sagen können. Und da verfaßte ich das Sonett, das beginnt: *So lieblich*.

So lieblich und so wundersittsam zeigt
Sich meine Herrin, wenn sie lieblich grüßet,
Daß jede rasche Zunge zitternd schweigt,
Daß jedes Auge sich befangen schließet.

Sie hört ihr Lob und ist, das Haupt geneigt,
In holder Demut weiter still gegangen,
Als hätt' ein Wunderbild sich licht gezeigt,
Das hoch vom Himmel diese Erd' empfangen.

So hold erscheint sie dem, der sie erblickt,
Daß sel'ge Wonne ihm das Herz entzückt;
Wer sie noch nicht erfahren, faßt sie nicht.
Von ihren Lippen aber hebt sich leise
Ein Geisterhauch in sanfter Liebesweise,
Der zu der Seele "Seufze! seufze!" spricht!

Dieses Sonett ist durch alles, was vorher berichtet worden, so klar zu verstehen, daß es einer Einteilung nicht bedarf; und darum lasse ich es und sage, daß diese meine Herrin allen so herrlich gefiel, daß nicht nur sie selbst geehrt und gepriesen ward, sondern um ihretwillen auch vielen anderen Preis und Ehre zuteil ward. Und da ich dies sah und es denen offenbar machen wollte, die dies nicht sahen, beschloß ich, auch ein Gedicht zu verfassen, in dem es zur Kenntnis gebracht würde, und ich verfaßte jenes andere Sonett, das beginnt: *Der hat wohl völlig alles Heil gesehen* und das von ihr erzählt, wie ihr wundersames Wesen auf die anderen wirkte.

Der hat wohl völlig alles Heil gesehen,
Der meine Herrin sah im Frauenkreise.
Das rat' ich wohl, daß, die darf mit ihr gehen,
Den Herrn für solche schöne Gnade preise!
Denn ihre Schönheit wirkt in solcher Weise,

Daß ihr die andern Fraun sie nimmer neiden,
Und ihre Macht vermag die andern leise
Mit süßem Reiz, mit Lieb' und Treu zu kleiden.

Es macht ihr Anblick jeglich Ding bescheiden;
Nicht nur sie selbst ist lieblich, sondern allen
Gewährt sie lieblich Licht so wie die Sonne.
In der Erinn'rung kann sich keiner weiden
An ihres Wesens süßem Wohlgefallen,
Der nicht aufseufzen müßt' vor Liebeswonne.

Dieses Sonett hat drei Teile: im ersten sage ich, unter welchen Leuten jene Herrin am wunderbarsten erschien; im zweiten sage ich, wie gnadenreich ihre Gesellschaft war; im dritten sage ich, was sie tugendsam in den anderen bewirkte. Der zweite beginnt bei: *Das rat' ich wohl*; der dritte bei: *Denn ihre Schönheit*. Dieser letzte Teil zerfällt in drei: im ersten sage ich, was sie in den Frauen bewirkte, und zwar in ihnen selber. Im zweiten sage ich, was sie in ihnen bewirkte, das andere betraf; im dritten sage ich, wie sie nicht nur in Frauen wirkte, sondern in allen, und wie sie nicht nur durch ihre Gegenwart, sondern auch, wenn man sich ihrer nur erinnerte, wundersam wirkte. Der zweite beginnt bei: *Es macht ihr Anblick*; der dritte bei: *In der Erinn'rung*.

XXVII.

Bald nachher begann ich eines Tages über das nachzudenken, was ich von meiner Herrin gesagt hatte, das heißt in diesen zwei Sonetten, die ich soeben niedergeschrieben; und da ich in meinen Gedanken sah, daß ich von dem nicht gesprochen, was sie zur Zeit in mir selbst bewirkte, so schien es mir, daß ich mich mangelhaft ausgedrückt hätte. Und darum beschloß ich, Reime zu verfassen, in welchen ich sagen wollte, wie ich mich damals auf ihren Einfluß zu verhalten schien und wie ihre herrliche Kraft auf mich wirkte. Und da ich nicht glaubte, dies in der Kürze eines Sonetts mitteilen zu können, so begann ich damals eine Canzone, die beginnt: *So lang' schon.*

So lang' schon hält die Liebe mich gefangen,
Hat so an ihre Herrschaft mich gewöhnet,
Daß, während schwer sich einst die Ketten schlangen
Mir um das Herz, es nun ihr süß versöhnet.
Ja, wenn sie mich der Kraft beraubt, mich höhnet,
Daß alle Lebensgeister mir entweichen,
Fühlt meine arme Seele süßes Bangen,
Und mein Antlitz muß erbleichen;
Es herrscht die Lieb' in mir, mit Macht umkrönet,
Daß meine Stimme laut in Seufzern tönet,
Die nach der Herrin mein verlangen,
Von der allein ich könnte Heil empfangen.
Und dies geschieht mir, wo sie mich erblickt –
Und niemand glaubt, wie wonnig sie geschmückt!

XXVIII.

Wie liegt die Stadt so einsam, die der Menge voll war! Wie ist zur Witwe geworden die Herrin der Völker! Ich war noch mit dieser Canzone beschäftigt und hatte erst die oben niedergeschriebene Strophe davon vollendet, als der Herr der Gerechtigkeit jene Lieblichste zur Herrlichkeit einberief unter die Fahne der hochgelobten Königin Maria, deren Name von jener seligen Beatrice gar oft mit der größten Ehrfurcht genannt worden war.

Und ob es gleich hier vielleicht gefiele, ein wenig davon zu erzählen, wie sie uns verließ, so ist es doch aus drei Gründen nicht meine Absicht, davon zu sprechen: der erste ist, daß dies nicht in meinen gegenwärtigen Plan gehört, wie sich klar ergibt, sobald wir die Vorrede ansehen, die diesem Büchlein vorangeht; der zweite ist, daß, gesetzt auch, es gehörte zum gegenwärtigen Plan, meine Feder doch nicht vermögend wäre, es so zu behandeln, wie es sich gebührte; der dritte ist, daß, gesetzt auch, es wäre das eine der Fall wie das andere, es sich dennoch für mich nicht geziemen würde, davon zu sprechen, weil ich durch den Gegenstand gezwungen wäre, mein eigener Lober zu sein (eine Sache, die ganz und gar tadelhaft ist an dem, der sie tut), und darum überlasse ich solche Aufgabe einem anderen Glossator. Immerhin jedoch, da die Zahl Neun in den vorhergehenden Kapiteln gar oft eine Stelle gefunden, so daß dies wohl nicht ohne Grund geschehen zu sein scheint, und die besagte Zahl auch bei ihrem Scheiden viel Platz zu verdienen scheint, ziemt es sich, hier etwas zu erwähnen, weil es zum Gegenstand gehörig erscheint. Und darum werde ich zuerst sagen, wie die Zahl bei ihrem Scheiden bedeutsam ward, und dann werde ich einigen Grund dafür angeben, warum diese Zahl ihr so sehr befreundet war.

XXIX.

Ich sage, daß nach der Kalenderrechnung Arabias ihre adelige Seele in der ersten Stunde des neunten Tags des Monats von uns schied; und nach der Rechnung, die in Syria üblich, schied sie im neunten Monat des Jahres; denn der erste Monat ist daselbst der Tisrin, der für uns der Oktober ist. Und nach unserer Zählung ging sie in jenem Jahre unserer Zeitrechnung, das heißt in jenem Jahre des Herrn von hinnen, mit welchem die vollkommene Zahl neunmal in dem Jahrhundert vollendet ward, in welchem sie in diese Welt gesandt worden; und sie war von den Christen des dreizehnten Jahrhunderts. Warum aber diese Zahl ihr so wert war, davon könnte folgendes der eine Grund sein; da nach Ptolemäus sowie nach dem, was die Christen lehren, es gewißlich wahr ist, daß der Himmel neun sind, die sich bewegen, und nach der gemeinsamen Ansicht der Astrologen die besagten neun Himmel ihren Einfluß hienieden ausüben, je nach der Weise, in der sie zueinander im Einklang stehen, so soll damit, daß diese Zahl ihr wert und vertraut war, zu verstehen gegeben werden, daß bei ihrer Geburt all die neun beweglichen Himmel in dem vollkommensten Einklang standen.

Dies ist der eine Grund davon; aber wenn man es tiefer bedenken will und der unaussprechlichen Wahrheit gemäß, so war sie selbst diese Zahl; ich meine nämlich im Gleichnis, und ich verstehe es so: die Zahl Drei ist die Wurzel der Neun, weil sie ohne Hilfe einer anderen Zahl mit sich selbst vervielfacht neun gibt, wie wir es ja ganz offenbar sehen, denn dreimal drei ist neun.

Wenn daher die Drei für sich selbst der Faktor, das heißt der Schöpfer, der Neun ist und so auch der Schöpfer der Wunder an sich die Drei ist, nämlich der Vater, der Sohn und der Heilige Geist, die da drei und eins sind, so ward dieses Weib von der Zahl Neun begleitet, auf daß verstanden werde, daß sie eine Neun, das heißt ein Wunder war, dessen Wurzel lediglich die wundertätige Dreieinigkeit sein kann. Vielleicht würde eine noch tiefsinnigere Person einen noch tieferen Grund in alledem finden, aber dieser ist der, den ich darin finde und der mir am besten gefallen will.

XXX.

Nachdem die allerlieblichste Herrin aus dieser Welt geschieden war, da war die ganze früher erwähnte Stadt wie verwitwet und aller Ehren beraubt, und darum schrieb ich, selbst noch weinend in dieser verödeten Stadt, an die Ersten des Landes über ihren Zustand, wobei ich jene Worte des Jeremias zum Eingang benutzte: *Wie liegt die Stadt so einsam!* Und dies erwähne ich, damit sich keiner verwundere, daß ich dieselben Worte vorhin zitierte, gleichsam als Eingang für den neuen Stoff, der nun folgt. Und wenn mich jemand dafür tadeln wollte, daß ich hier nicht die Worte niederschreibe, welche auf die angeführten folgen, so entschuldige ich mich damit, daß meine Absicht von Anfang an war, nicht anders denn in der Sprache des Volkes zu schreiben. Darum würde es, da die Worte, welche auf die angeführten folgen, alle lateinisch sind, meinem Plane nicht entsprechen, wenn ich sie hier niederschriebe; und die gleiche Ansicht hatte, wie ich weiß, auch jener meiner Freunde, für den ich dies schreibe, nämlich die, daß ich nur in der Volkssprache ihm schreiben sollte.

XXXI.

Nachdem meine Augen längere Zeit hindurch Tränen vergossen hatten und so ermüdet waren, daß ich meine Trauer auf diese Weise nicht mehr erleichtern konnte, da gedachte ich ihr durch einige Worte des Schmerzes und der Klage Luft zu machen. Und darum beschloß ich, eine Canzone zu verfassen, in welcher ich weinend von ihr reden wollte, um derentwillen solcher Schmerz zum Zerstörer meiner Seele geworden war, und ich begann daher: *Die Augen klagend um des Herzens Wehe.* Damit diese Canzone noch verlassener gleich einer Witwe an ihrem Schlusse bleibe, werde ich sie einteilen, bevor ich sie schreibe; und solcherweise werde ich es hinfort halten.

Ich sage also, daß diese elende kleine Canzone drei Teile hat: der erste ist das Proömium; im zweiten spreche ich von ihr; im dritten rede ich klagend zur Canzone. Der zweite beginnt bei: *Ja, Beatrice schied*; der dritte bei: *Mein schmerzensvolles Lied*. Der erste Teil ist in drei geteilt: im ersten sage ich, was mich zu reden bewegt; im zweiten sage ich, zu wem ich reden will; im dritten sage ich, von wem ich reden will. Der zweite beginnt bei *Und weil ich mich entsinne*; der dritte bei: *Daß plötzlich sie*. Nachher, wenn ich sage: *Ja, Beatrice schied*, spreche ich von ihr, und dessen mache ich zwei Teile. Zuerst sage ich den Grund, weshalb sie von uns genommen wurde; darauf sage ich, wie andere über ihr Scheiden weinen, und zwar beginnt dieser Teil bei: *Von ihrem schönen Leibe*. Dieser Teil zerfällt in drei: im ersten sage ich, wer sie nicht beweint; im zweiten sage ich, wer weinet; im dritten schildere ich meine Lage. Der zweite beginnt bei:*Doch dem wird*; der dritte bei: *Mit Angst beklemmen mich*. Nachher, wenn ich sage: *Mein schmerzensvolles Lied*, spreche ich zu dieser meiner Canzone, indem ich ihr bedeute, zu welchen Frauen sie gehen und mit ihnen bleiben möge.

Die Augen klagend um des Herzens Wehe,
Sie haben durch die Tränen Leid erlitten,
Daß sie erschöpft des Weinens Spuren tragen.
Und wenn ich meinen Schmerz zu lindern gehe,
Der mich zum Tode führt mit sachten Schritten,
So kann mein Leid ich nur in Worten klagen.
Und weil ich mich entsinne, daß in Tagen,
Da meine Herrin lebte, ich mit euch,
Liebreiche Fraun, so gern von ihr gesprochen,
So will auch heut in Schmerzen
Ich nur zu mitleidsvoller Frauen Herzen
Das weinend sagen, was es mir gebrochen:
Daß plötzlich sie zum Himmel ist geschieden,
Die Lieb', und mich ließ klagend sie hienieden.

Ja, Beatrice schied zum sel'gen Reiche,
Den Höhen, wo die Engel friedlich wohnen,
Und weilet dort – euch, Fraun, ließ sie allein!
Es raubte nicht die Kälte sie, die bleiche,
Noch Fieberhitze; zu der Sel'gen Thronen
Ging sie durch ihrer Seele Güte ein.
Denn ihrer süßen Demut lichter Schein

Drang zu des Himmels Höhn mit solcher Macht,
Daß in des höchsten Herrn erhabnem Sein
Ein Sehnen süß erwacht,
Solch lieblich Heil in seinem Reich zu sehen –
Und so hieß er sie denn von hinnen gehen,
Weil er wohl sah, daß dieses öde Leben
Nicht würdig solcher Lieblichkeit gegeben!

Von ihrem schönen Leibe ward geschieden
Die gnadenreiche, liebenswerte Seele,
Und ging in Licht zur ew'gen Glorie ein.
Wer da nicht weinen muß um sie hienieden,
Des Herz ist Stein, ist so voll Sünd' und Fehle,
Daß nie ein guter Geist darin trat ein –
Ein böslich Herz kann so begabt nicht sein,
Daß es ihr Wesen könnte je verstehen,
Und darum fühlt es nicht der Tränen Drang.
Doch dem wird schmerzlich bang,
Der seufzt und möchte wohl vor Weinen sterben,
Der möcht' in wildem Wehe ja verderben,
Der sie im Geiste noch vermag zu sehen,
So wie sie war und mußte doch vergehen!

Mit Angst beklemmen mich die Seufzer schwer,
Wenn der Gedanke mir im düstern Geist
Die Herrin zeigt, um die mein Herz zerrissen,

Dann denk' ich oft des Todes – mehr und mehr
Wächst süß die Sehnsucht, die das Grab mir weist,
Und alle Farbe muß mein Antlitz missen.
Und seh' ich deutlich erst vor mir ihr Bild,
Dann stürmt's von allen Seiten auf mich ein,
Daß ich mich schüttre, ganz von Qual erfüllt;
So weh wird mir und wild,
Daß ich aus Scham der Menschen Anblick meide,
Dann weine ich allein mit meinem Leide –
"Beatrice," ruf ich, "weh mir! du bist tot?!"
So klag' ich – und sie lindert meine Not.

Schmerzliches Weinen, angsterfülltes Stöhnen
Zerreißt das Herz mir überall, so bleich
Bin ich, daß jeder Mitleid fühlen müßte.
Und wie mein Leben war, seitdem der schönen
Geliebten Herrin ward das neue Reich –
Wo ist die Zunge, die's zu schildern wüßte?
Und darum, liebe Fraun, auch wenn ich wollte,
Ich wüßte nicht, wie ich's euch sagen sollte,
Was ich jetzt bin; so bitter ward mein Leben,
So wertlos alles Streben,
Mir ist, als müßten alle mich verlassen,
Die meine Lippen sehn, die todesblassen.

Doch, wie ich bin, es sieht's die Herrin mein,
Bei ihr, so hoff' ich, wird mein Lohn einst sein!

Mein schmerzenvolles Lied – nun geh' in Tränen,
Such nur die Frauen und die Mägdelein,
Denen die Schwestern dein
So oft einst brachten Freude!
Doch du, mein Töchterchen, im tiefen Leide,
Magst trostlos weinend nun mit ihnen sein!

XXXII.

Nachdem diese Canzone gedichtet war, kam einer zu mir, der nach den Graden der Freundschaft mir unmittelbar nach dem ersten befreundet war; und dieser war durch die Bande der Blutsverwandtschaft so enge mit jener Verklärten verbunden, daß niemand es mehr sein konnte. Und da er mit mir redete, bat er mich, daß ich ihm doch irgend etwas verfassen möchte, auf ein Weib, das gestorben war; und zwar verstellte er seine Worte, damit es scheinen sollte, als spräche er von einer anderen, die kürzlich vorher verstorben war. Und da ich bemerkte, daß er dies nur jener Benedeiten willen sprach, so sagte ich ihm zu, daß ich tun würde, was seine Bitte von mir begehrte. Und als ich später darüber dachte, beschloß ich, ein Sonett zu dichten, in welchem ich selber manche Klage aussprechen wollte, und es dann jenem Freunde zu geben, damit es schiene, als hätte ich es für ihn gemacht. Und ich begann daher: *O kommt und höret auf mein bittres Stöhnen*. Dieses Sonett hat zwei

Teile: im ersten rufe ich den Getreuen der Liebe, daß sie mich hören mögen; im zweiten berichte ich von meinem elenden Zustand. Der zweite beginnt bei: *Hört auf die Klagen*.

O kommt und höret auf mein bittres Stöhnen,
Ich bitt' euch drum, ihr mitleidsvollen Herzen,
Hört auf die Klagen, die verzweifelt tönen
Und ohne die ich sterben müßt' in Schmerzen!
Denn meine armen Augen, ach, sie scheinen
Nicht zu ertragen mehr der Tränen Bürde,
Schon bin ich müd', die Herrin zu beweinen,
Der weinend ich mein Herz erleichtern würde.

So hört denn meine Worte, sie verlangen
Nach meiner süßen Herrin, die zum Licht
Des Himmels, der sie rief, dahingegangen.
Und dieses Leben müssen sie wohl hassen,
Wenn meine Seele klagend durch sie spricht,
Die so von ihrem Heile ward verlassen.

XXXIII.

Als ich dieses Sonett verfaßt hatte, da bedachte ich, wer der war, dem ich es geben wollte, als ob es für ihn gemacht worden wäre, und da fand ich, daß der Dienst, den ich ihm damit erwies, mir doch recht ärmlich und bloß erscheinen wollte, da es sich um eine Person handelte, die jener Verklärten so nahe stand. Und daher verfaßte ich, anstatt ihm dieses Sonett zu geben, zwei Strophen einer Canzone, die eine wirklich für ihn, die andere für mich, obgleich dem, der nicht scharf darauf achtet, die eine wie die andere für ein und dieselbe Person gesprochen scheinen dürfte. Wer aber schärfer zusieht, der sieht wohl, daß da verschiedene Personen reden, indem die eine jene Gepriesene nicht *ihre* Herrin nennt, die andere aber wohl, wie es ganz deutlich zu erkennen ist. Diese Canzone und das Sonett gab ich ihm und sagte, daß ich beide für ihn allein verfaßt hätte.

Die Canzone beginnt: *So oft ich* und zerfällt in zwei Teile: in dem einen, das ist in der ersten Strophe, klagt jener, mein teurer Freund und ihr Verwandter; in dem zweiten klage ich selbst, in der zweiten Strophe, die mit den Worten: *Es tönt durch* beginnt. Und so zeigt sich, daß in dieser Canzone zwei Personen klagen, von denen die eine als Bruder, die andere als Liebender klagt.

So oft ich – wehe mir! – daran muß denken,
Daß ich nie wieder soll
Die Herrin sehn, um die ich so mich quäle,
Dann wächst mein Weh, dann sprech' ich tränenvoll
Zur schmerzzerrissnen Seele:
"O meine Seele, kannst du denn nicht scheiden?
Es werden dich noch viele Qualen kränken
Im Leben, dessen du schon jetzt so müde,
Die füllen mich schon heut' mit schwerem Bangen."
Und nach dem Tod muß ich verlangen,
Im Tode nur ist lieblich süßer Friede.

Ich rufe: "Komm, o Tod – sieh all mein Leiden –
Sieh! jeden, der da stirbt, muß ich beneiden!"

Es tönt durch meiner Seufzer herben Schall
Ein Wehelaut der Klage,
Der nach dem Tode ruft allein,
Zum Tode kehrten sich an jenem Tage,
An dem die Herrin mein
Grausam das Schicksal traf, die Wünsche all.
Denn ihre wonnesame Schönheit ward,
Nachdem sie schied aus unserem Verein,
Verklärt zu geist'ger Schönheit hoher Art,
Die durch die Himmel gießet
Ein Liebeslicht, das alle Engel grüßet
Und jener hohen Geister Seligkeit
Erstaunen macht ob solcher Lieblichkeit.

XXXIV.

Am Tage, an welchem sich gerade ein Jahr vollendete, seitdem die Herrin unter die Bürger des ewigen Lebens aufgenommen worden war, saß ich an einer Stelle, an der ich, ihrer gedenkend, auf einem Täfelchen einen Engel zeichnete. Und während ich so zeichnete, wandte ich meinen Blick und sah neben mir Männer, die zu ehren sich geziemte. Und es betrachteten jene, was ich tat, und wie mir nachher gesagt wurde, waren sie schon eine Weile da gewesen, ehe ich es bemerkt hatte. Als ich sie aber sah, erhob ich mich und sagte, indem ich sie begrüßte: "Jemand anderer war soeben mit mir, und darum war ich in Sinnen." Als jene aber fort waren, kehrte ich zu meiner Arbeit zurück, das heißt, ich ging wieder daran, Engelgestalten zu zeichnen. Und während ich das tat, kam mir ein Gedanke, Verse zu verfassen, gleichsam zur Jahresfeier ihres Gedächtnisses, und sie denen zu schreiben, die zu mir gekommen waren; und ich verfaßte das Sonett, das mit den Worten: *In meinen Geist* beginnt.

Dasselbe hat zweierlei Anfänge; und darum werde ich es sowohl gemäß dem einen wie gemäß dem andern einteilen. Ich sage, daß, gemäß dem ersten Anfang, dieses Sonett drei Teile hat: im ersten Teil sage ich, daß jene Herrin bereits in meiner Erinnerung war; im zweiten sage ich, was die Liebe mir darob antat; im dritten künde ich von den Wirkungen der Liebe. Der zweite Teil beginnt bei: *Die Liebe, die*; der dritte bei: *Sie zogen weinend*. Dieser Teil zerfällt in zwei: in dem einen sage ich, daß alle meine Seufzer redend hervorbrachen; im anderen, wie einige von ihnen gewisse Worte sprachen, die von denen der anderen verschieden waren. Der zweite beginnt bei: *Doch die*. Auf diese selbe Weise wird es auch gemäß dem anderen Anfang eingeteilt, nur daß ich im ersten Teile sage, wann jene Herrin mir solcherart in den Geist gekommen war, und dies sage ich im anderen nicht.

Erster Anfang

In meinen Geist war leise eingetreten
Das holde Weib, das durch des Höchsten Macht
Ob ihres Werts zum Himmel ward gebracht
Der Demut, wo Maria sie erbeten.

Zweiter Anfang

In meinen Geist war leise eingetreten
Das holde Weib, um das die Liebe klagt,
In jenem Augenblick, wo ihr betreten,
Von ihr ergriffen, saht, was ich gemacht.
Die Liebe, die im Geist ihr Nahn erbeten,
War im verstörten Herzen auferwacht.
Zu meinen Seufzern hat sie "Geht!" gesprochen,
Und klagend sind sie alle aufgebrochen.

Sie zogen weinend aus der Brust und klangen
In einem Wehelaut, der ja wohl meist
Schmerzliche Tränen lockt auf meine Wangen;
Doch die, die leidvollst aus dem Busen kamen,
Die sagten stöhnend: "O du hoher Geist
Heut ist's ein Jahr, daß dich die Himmel nahmen!"

XXXV.

Einige Zeit nachher, da ich mich an einer Stelle befand, an der ich der vergangenen Zeit gedachte, stand ich tief in Sinnen und war so sehr in schmerzliche Gedanken versunken, daß ich wohl auch äußerlich den Anblick entsetzlicher Verzagtheit bot. Da ich meines qualvollen Ringens gewahr ward, erhob ich die Augen, um zu sehen, ob nicht etwa jemand anderer mich gesehen hätte, und sah ein liebliches Weib, das gar jung und schön war und mich, wie mir schien, von einem Fenster aus gar mitleidsvoll beobachtete, so daß wirklich alles Mitleid in ihr vereint schien. Und da die Unglücklichen, wenn sie in anderen Mitleid gewahr werden, sich noch mehr zum Weinen bewegt fühlen, gleichsam als ob sie nun mit sich selber Mitleid hätten, so fühlte auch ich damals, daß meine Augen zu weinen beginnen wollten, und da mich die Furcht ergriff, daß ich meine Erbärmlichkeit verraten könnte, entfloh ich aus den Augen jener Holdseligen; dann aber sprach ich bei mir selbst: "Es kann wohl nicht anders sein, als daß in jenem mitleidsvollen Weibe die edelste Liebe wohnet." Und darum nahm ich mir vor, ein Sonett zu verfassen, in dem ich von ihr reden und all das einschließen wollte, was in diesem Berichte enthalten ist; und darum, weil dieser Bericht offenbar genug ist, so werde ich es nicht einteilen. Das Sonett beginnt: *O glaubet nicht.*

O glaubet nicht, daß meinem Aug' entgangen,
Wieviel des Mitleids Euer Antlitz zeigte,
Als es vom Fenster sich mir sinnend neigte,
Der ich in tiefem Leide saß befangen.
Ich sah recht wohl, daß es Euch nah gegangen,
Ihr merktet meines Lebens düstre Art,

So daß mein Herz von Furcht ergriffen ward,
Daß meine Augen, meine blassen Wangen

Verraten könnten meine ganze Schwäche:
Da floh ich Euern Blick, und Tränenbäche
Entströmten meiner Brust, die Ihr erregt,
Und in der Seele sprach ich schmerzbewegt:
Der Frau ist gleiche Liebe wohl gegeben,
Wie die mich zwingt, in solcher Qual zu leben.

XXXVI.

Es geschah nun, daß, wo immer diese Frau mich erblickte, sie ein mitleidiges Antlitz und eine so bleiche Farbe zeigte, als wäre Liebe die Ursache davon. Und zu vielen Malen mußte ich meiner adeligsten Herrin gedenken, an der ich die gleiche Farbe des Angesichts wahrgenommen hatte. Und sicherlich ging ich zu vielen Malen, wenn ich nicht weinen konnte, noch meiner Trauer Luft machen, jene mitleidsvolle Frau zu schauen, die durch ihren Anblick meinen Augen die Tränen zu entlocken schien; und darum wandelte mich der Wunsch an, Verse von ihr zu verfassen, und ich verfaßte jenes Sonett, das beginnt: *Der Liebe Farbe* und aus dem Vorhergesagten klar zu verstehen ist, auch ohne Einteilung.

Der Liebe Farbe und des Mitleids Zeichen,
Sie machten nie so wundersam bewegt

Das Antlitz einer schönen Frau erbleichen,
Von eines andern Klage tief erregt,
So wie das Eure, als Ihr meine bleichen
Lippen gesehen und mein schmerzlich Leiden;
Ich fühl' ein Etwas meinen Geist beschleichen,
Ich fürchte sehr, es wird mein Herz zerschneiden.

Ich kann nicht die verstörten Augen zwingen,
Daß sie Euch nicht gar oft und lang betrachten,
Obgleich sie voll Verlangen sind nach Tränen;
Ihr aber mehret so ihr schmerzlich Sehnen,
Daß sie in ihrer bangen Qual verschmachten,
Denn vor Euch will das Weinen nicht gelingen.

XXXVII.

Ich kam so weit durch den Anblick jener Frau, daß meine Augen sich zu sehr daran zu ergötzen begannen, wenn sie sie erblickten. Da züchtigte ich mich selbst darum zu vielen Malen und hielt mich für recht erbärmlich, und zu öfteren Malen verwünschte ich meine Augen und sprach zu ihnen in meinen Gedanken: "Jawohl, ihr pflegtet die weinen zu machen, die euren betrübten Zustand sahen, und jetzt scheint es, daß ihr dies vergessen wollt, um dieser Frau willen, die euch beachtet und dies aus keinem anderen Grunde tut, denn weil es ihr um die herrliche Herrin leid tut, die ihr zu beweinen pfleget.

Aber tut immerhin, was ihr könnt, denn ich werde sie euch oft und oft in Erinnerung rufen, verfluchte Augen, denn niemals, es wäre denn nach dem Tode, dürfen eure Tränen versiegt sein." Und als ich in meiner Seele so zu meinen Augen gesprochen hatte, da befielen mich auch die heftigsten und angstvollsten Seufzer. Und damit dieser Kampf, den ich mit mir selber kämpfte, nicht nur von dem Elenden gekannt bliebe, der ihn fühlte, beschloß ich, ein Sonett zu verfassen und in ihm diesen schrecklichen Zustand darzustellen; und ich verfaßte jenes Sonett, das mit den Worten:*Die bittern Tränen* beginnt. Es hat zwei Teile: im ersten spreche ich zu meinen Augen, wie mein Herz in mir selbst sprach; im zweiten entferne ich etwelche Zweifel, indem ich bedeute, wer es ist, der so spricht: und dieser Teil beginnt bei: *So spricht*. Es könnte wohl noch mehr Einteilungen erhalten, aber sie wären nutzlos, weil es durch den vorhergehenden Bericht offenbar genug ist.

Die bittern Tränen, welche ihr vergossen
O meine Augen, durch so lange Zeit,
Erregten andern solches Herzeleid,
Daß auch aus ihren Augen Tränen flossen.
Nun wollt ihr dran vergessen, wie mir scheinet!
Ihr meint doch nicht, daß ich so treulos wäre?!
Gebt acht, ob ich euch nicht die Freude störe
Und euch erinnere, wen ihr beweinet!

O, eure Eitelkeit gibt mir zu denken,
Ja füllet mich mit Schrecken: allzusehr
Seh' ich den Blick auf eine Frau euch lenken.

Nein, nein, ihr dürftet nie auf dieser Erden
Der Herrin, die gestorben, treulos werden. –
So spricht mein Herz und seufzet bang und schwer.

XXXVIII.

Es brachte mich der Anblick dieser Frau in einen so neuen Zustand, daß ich zu vielen Malen an sie dachte und mit allzu großem Wohlgefallen; und zwar dachte ich über sie in folgender Art: "Dies ist ein liebliches junges Weib, edel und schön und klug, und ist vielleicht durch den Willen der Liebe mir erschienen, auf daß mein Leben wieder zur Ruhe käme." Und oftmals dachte ich noch mehr mit Liebesgedanken an sie, bis mein Herz endlich sich völlig damit einverstanden zeigte, nämlich mit meinem Gedankengange. Und als es in dieser Weise eingewilligt hatte, da dachte ich wieder von neuem, wie von der Vernunft getrieben, und sagte zu mir selber: "O, welch ein Gedanke ist dies, der mich in so erbärmlicher Weise trösten will und mich fast nichts anderes denken läßt!" Darauf erhob sich ein anderer Gedanke und sprach: "Nun, da du in solcher Liebesqual gewesen, warum willst du nicht dich solcher Bitternis entziehen? Du siehst doch wohl, daß dies ein Geisteshauch ist, der die Wünsche der Liebe vor dich bringt und der von so lieblicher Stelle ausgeht, wie es die Augen jener Frau sind, die sich dir so mitleidsvoll gezeigt hat." Und nachdem ich so garoftmals in mir selbst gekämpft hatte, wollte ich auch davon einige Worte sagen, und weil im Kampfe der Gedanken jene siegten, die für sie sprachen, schien es mir geziemend, die Worte an sie zu richten; und ich verfaßte das folgende Sonett, das mit den Worten: *Süßer Gedanke* beginnt, und ich nannte ihn "süß", insofern er zu einer süßen Frau sprach – denn sonst war er erbärmlich genug.

In diesem Sonett mache ich Zwei aus mir, wie ja auch meine Gedanken zwiegeteilt waren. Den einen Teil nenne ich "Herz", das heißt die Begierde; den anderen "Seele", das heißt die Vernunft; und ich berichte, wie eins zum andern spricht. Und daß man mit Recht die Begierde Herz nennen mag und die Vernunft Seele, das ist denen offenbar genug, denen dies mitzuteilen mir wohlgefällt. Es ist wahr, daß ich im vorhergehenden Sonett die Partei des Herzens wider die der Augen nehme, und dies scheint dem entgegengesetzt, was ich im gegenwärtigen Sonett sage. Und darum sage ich, daß ich auch dort mit dem Worte "Herz" die Begierde meine, denn immer noch war die Sehnsucht, mich an meine holdseligste Herrin zu erinnern, in mir größer als der Wunsch, jene zu schauen, obschon auch einige Begierde danach mich ergriffen hatte, die jedoch unbedeutend erschien. Daraus ergibt sich klar, daß das eine dem anderen nicht widerspricht.

Dieses Sonett hat drei Teile: im ersten beginne ich dieser Frau zu sagen, wie meine ganze Sehnsucht sich ihr zuwendet; im zweiten sage ich, wie die Seele, das heißt die Vernunft, zum Herzen, das heißt zur Begierde, spricht; im dritten sage ich, wie es ihr antwortet. Der zweite Teil beginnt bei: *Zum Herzen spricht*; der dritte bei: *Und es erwidert*.

Süßer Gedanke, der von Euch mir spricht,
Er kommt mit mir zu weilen oft und lang
Und spricht so süß von Liebe und so bang,
Es widerstrebt das Herz ihm fürder nicht.

Zum Herzen spricht die Seele: "Wer ist dies,
Der unsern Sinn so bald zu trösten kam?
Ist seine Macht so groß, daß ohne Scham
Er uns kein andres Denken möglich ließ?"

Und es erwidert der Gedankenvollen:
"Dies ist ein neues Geisterchen der Liebe,
Und zu mir bringt es ihre süßen Triebe,
Und all sein Leben, alle seine Macht
Kommt aus den Augen jener Mitleidsvollen,
Der meine Qual Betrübnis hat gebracht."

XXXIX.

Gegen diesen Widersacher meines Geistes erhob sich eines Tages etwa um die neunte Stunde eine neue und mächtige Vision in mir; denn es war mir, als sähe ich die herrliche Beatrice mit jenen blutroten Gewanden angetan, in welchen sie meinen Augen zum ersten Mal erschienen war, und sie erschien mir gar jugendlich in dem gleichen Alter, in dem ich sie zum ersten Mal gesehen. Da begann ich ihrer zu denken, und ich entsann mich der vergangenen Zeit in ihrer ganzen Folge, und da begann mein Herz gar schmerzlich die Wünsche zu bereuen, von denen es sich wider die Standhaftigkeit der Seele durch eine Reihe von Tagen so schmachvoll hatte beherrschen lassen, und nachdem diese argen Wünsche auf solche Weise vertrieben waren, wandten sich all meine Gedanken wieder ihrer allerholdseligsten Beatrice zu. Und ich sage, daß ich von da an ihrer mit meinem ganzen beschämten Herzen gedachte, so daß meine Seufzer dies viele Male verrieten, weil fast alle beim Entströmen das sagten, was das Herz erfüllte, nämlich den Namen jener Holdseligsten, und wie sie von uns geschieden war. Und mehrmals geschah es, daß einer dieser Gedanken solchen Schmerz in sich trug, daß ich ihn vergaß und auch, wo ich mich befand. Durch dieses Wiederentfachen der Seufzer ward auch das schon unterdrückte Weinen wieder angefacht, so daß meine Augen zwei Dinge schienen, die nur zu weinen und nichts als zu weinen begehrten; und oft geschah es, daß infolge des langen und fortgesetzten Weinens sich ein purpurfarbener Ring um sie bildete, wie er wohl durch das Martyrium zu erscheinen pflegt, das einer erduldet. Daraus erhellt, daß sie für ihre Eitelkeit den gebührenden Lohn erhielten, so daß sie von nun an niemandem mehr ins Auge schauen konnten, der sie ansah, und niemand mehr sie zu ähnlichem Trachten hätte verleiten können. Und da ich wollte, daß jene argen Wünsche und eitle Versuchung völlig zerstört erscheinen sollten, daß auch die Reime, die ich vorher verfaßt, keinen Zweifel aufkommen lassen mochten, beschloß ich, ein Sonett zu machen, in welchem ich den Sinn und Inhalt dieses Kapitels zusammenfassen wollte. Und ich dichtete nun: *Ach! durch die Macht der Seufzer*. Und ich begann mit dem Worte: "Ach", weil ich mich des schämte, daß meine Augen sich so leichtfertig benommen hatten. Dieses Sonett teile ich nicht ein, darum, weil das dazu Gesagte es offenbar genug macht.

Ach! durch die Macht der Seufzer, die entsprangen
Aus den Gedanken, die das Herz bewegen,
Sind nun besiegt die Augen, sie vermögen

Die nicht mehr anzusehen, die sie erblickt.
Zwei Brünnlein, die nach Tränen nur verlangen,
Sie kennen fürder keine andern Triebe
Und weinen oft so heftig, daß die Liebe
Mit der Märtyrerkrone sie geschmückt.

Der Seufzer Herren, die Gedanken blieben
Im Herzen mir, dem trauervollsten Ort;
Die Liebe selbst vor Mitleid muß erbleichen;
Denn in sich tragen all die Schmerzenreichen
Der Herrin süßen Namen eingeschrieben
Und auch von ihrem Tode manches Wort.

XL.

Nach dieser Seelenqual geschah es zu jener Zeit, in der viel Volk jenes benedeite Bild zu schauen geht, welches uns Jesus Christus hinterlassen hat als ein Abbild seines herrlichsten Antlitzes, das meine Herrin in ihrer Verklärung schaut, daß einige Pilger durch eine Straße kamen, die fast in der Mitte der Stadt liegt, in der die holdseligste Herrin geboren ward, lebte und starb.

Diese Pilger gingen, wie mir wenigstens schien, gar gedankenvoll einher. Da mußte ich über sie denken und sprach zu mir selbst: "Diese Pilger scheinen mir aus gar fernen Landen, und ich glaube nicht, daß sie von diesem Weibe auch nur reden gehört, sie wissen gar nichts von ihr, und ihre Gedanken sind wohl bei anderen Dingen als bei dieser hier; denn sie denken vielleicht an ihre fernen Freunde, die wir nicht kennen." Dann sagte ich zu mir selbst: "Ich weiß, wenn die aus einem Lande in der Nähe wären, so würden sie durch irgend etwas in ihrem Aussehen ihre Betrübnis zeigen, wenn sie mitten durch die leidvolle Stadt gehen." Dann sagte ich zu mir selber: "Wenn ich sie nur ein wenig anhalten könnte, ich würde sie sicherlich weinen machen, ehe sie diese Stadt verließen, denn ich würde ihnen Dinge sagen, die wohl keiner, ohne zu weinen, hören könnte." Als jene hierauf mir aus dem Gesichte geschwunden waren, beschloß ich, ein Sonett zu verfassen, in welchem ich das kundtun wollte, was ich zu mir selbst gesprochen hatte, und damit es wehmütiger erscheinen möchte, beschloß ich, es so einzurichten, als ob ich zu ihnen gesprochen hätte, und ich verfaßte das Sonett, das mit den Worten: *Ihr Pilger, die ihr geht in tiefem Sinnen* beginnt. Ich sagte "Pilger" nach dem weiten Sinne des Wortes; denn das Wort Pilger läßt sich in zwiefacher Weise verstehen, in einer weiteren und in einer engen. Im weiten Sinne, insofern jeder ein Pilger ist, der sich außerhalb seines Vaterlandes befindet; im engen meinet man unter einem Pilger nur den, der zum Hause von St. Jacob zieht oder davon wiederkehrt. Es ist nämlich zu wissen, daß die Leute, die im Dienste des Höchsten wallen, in dreierlei Weise gehörig benannt werden: man nennt sie Palmfahrer, wenn sie übers Meer ziehen, dahin, von wo viele den Palmzweig mitbringen; man nennt sie Pilger, wenn sie zum Gotteshause in Galizia ziehen, da das Grab St. Jacobs weiter entfernt war von seinem Vaterlande als das irgendeines anderen Apostels; man nennt sie Rompilger, wenn sie nach Rom ziehen, wohin auch diese, die ich Pilger nenne, zogen. Dieses Sonett wird nicht eingeteilt, darum, weil das dazu Gesagte es offenbar genug macht.

Ihr Pilger, die ihr geht in tiefem Sinnen,
Vielleicht um Dinge, die uns nicht bekannt,
Liegt eure Heimat wohl so weit von hinnen?
Euer Aussehn zeigt, ihr seid aus fremdem Land.
Wie kommt es, daß ihr schreitet und nicht weinet
Inmitten dieser trauervollen Stadt?
Ihr habt wohl nichts vernommen, wie mir scheinet,
Vom Unheil, welches sie betroffen hat.

Wollt ihr nicht stehen bleiben und es hören?
Ach, wohl in Seufzern sagt es mir das Herz:
Ihr werdet weinend dann von hinnen kehren!
Um ihre Beatrice muß sie klagen,
Die sie verlor: o höret von ihr sagen,
Dann zieht auch ihr in Tränen und in Schmerz!

XLI.

Darauf sandten zwei edle Frauen zu mir und ließen mich bitten, daß ich ihnen etwelche von diesen meinen Gedichten senden möchte. Und da ich ihren adeligen Stand bedachte, beschloß ich, sie ihnen zu senden und auch etwas Neues zu machen, was ich mit denselben schicken könnte, damit ich ihre Bitten in einer noch ehrenvolleren Weise erfüllte. Und ich verfaßte darauf ein

Sonett, das meinen Zustand schilderte, und sandte es ihnen mitsamt dem vorhergehenden Sonett und mit einem anderen, das mit den Worten: *O kommt und höret* beginnt.

Das Sonett, welches ich damals verfaßte, beginnt: *Empor zur Sphäre*. Dieses umschließet fünf Teile. Im ersten sage ich, wohin mein Gedanke geht, und zwar bezeichne ich ihn durch eine seiner Wirkungen; im zweiten sage ich, wieso er dort hinaufgeht und wer ihn so gehen heißt; im dritten sage ich, was er siehet, nämlich eine ehrenreiche Frau dort oben. Und ich nenne ihn hier einen pilgernden Geist, weil er geistig dort hinaufgelangt und wie ein Pilger dort weilet, der sich außerhalb seines Vaterlandes befindet; im vierten Teile sage ich, daß er sie so sieht, das heißt so beschaffen, daß ich es nicht verstehen kann; das will sagen, daß mein Gedanke sich bei ihres Wesens Beschaffenheit zu einer Höhe erhebt, die mein Verstand nicht mehr fassen kann. Denn unser Verstand verhält sich zu jenen seligen Geistern, wie unser schwaches Auge sich zur Sonne verhält; und dies sagt der Philosoph im zweiten Buche der Metaphysik. Im fünften sage ich, daß, obgleich ich dort nichts mehr zu schauen imstande bin, wohin mein Gedanke mich reißt, nämlich bis zu ihrer wundersamen Wesensbeschaffenheit, ich doch wenigstens das verstehe, daß dies ein Gedanke an meine Herrin ist, weil ich ihren Namen darin oft vernehme; und am Schluß dieses fünften Teiles sage ich "ihr lieben Frauen", um zu verstehen zu geben, daß diejenigen Frauen sind, zu denen ich spreche. Der zweite Teil beginnt bei den Worten: *Wundersame Kraft*, der dritte bei: *Und angelangt*, der vierte bei: *In solchen Strahlen*, der fünfte bei: *Doch weiß ich wohl*. Man könnte das Gedicht noch subtiler einteilen und noch verständlicher machen, aber es genügt wohl auch diese Einteilung, und darum gedenke ich nicht, es noch schärfer einzuteilen.

Empor zur Sphäre, die am größten kreiset,
Und über sie hinaus noch ist gedrungen
Des Herzens Seufzer: – wundersame Kraft,
Welche die Liebe weinend ihm verschafft,
Ist's, die den Pfad ihm durch den Himmel weiset,
Durch die er sich so hoch hinaufgeschwungen.
Und angelangt in jenen sel'gen Auen
Sah er ein Weib im hellen Sternenkranze,
Die so viel Ehr' und so viel Licht empfangen,
Daß sie bewundernd schaut in ihrem Glänze
Der Geist, der pilgernd könnt' emporgelangen.

In solchen Strahlen durfte er sie schauen,
Daß, wenn ihn Herz und Liebe reden hießen,
Ich nicht sein wundersames Wort verstand;
Doch weiß ich wohl, er spricht von jener Süßen,
Denn oft hat Beatricen er genannt,
Und so versteh ich's gut, ihr lieben Frauen.

XLII.

Nach diesem Sonett erschien mir eine wunderbare Vision, in welcher ich Dinge sah, die mich zu dem Entschlusse bewogen, nun nichts weiter von dieser Benedeiten zu sagen, bis ich nicht in würdigerer Weise über sie sprechen könnte. Und dahin zu gelangen, strebe ich, so viel ich kann, wie sie es auch wahrhaftig weiß. Und so, wenn es Dem, durch Den alle Dinge leben, gefallen wird, daß mein Leben noch durch einige Jahre andauere, hoffe ich, von ihr in einer Weise zu sprechen, wie noch von keiner je gesprochen worden. Und dann möge es Dem, der der Herr aller Huld und Gnade ist, gefallen, daß meine Seele dahin gehen könne, die Herrlichkeit ihrer Herrin zu schauen, jener benedeiten Beatrice, die da verklärt das Antlitz Dessen schaut, *der durch alle Zeit hindurch* gesegnet ist.

Alle Werke unter www.groels.de